사는 것이 예술이다

"함께 사랑으로 행복해지는
삶으로의 여정을 떠나 보기를 희망합니다."

_____ 님에게

행복해지는 삶으로의 여정

사는 것이 예술이다

최혜순 지음

프로방스

사는 것이 예술이다

나는 51년생으로 대학 졸업 후 임용시험을 거쳐 교사생활을 했던 70년 후반이나 교수로 임용되던 1983년 즈음 여성들은 모두 일과 가정생활의 양립이 어려운 시절이었다. 특히 '아들, 딸 구별 말고 하나만 낳아 잘 기르자'라는 표어 아래 둘째 이상은 의료보험도 안 되고 출산 휴가도 없던 1984년, 이미 두 아이가 있었음에도 나는 셋째 아이까지 낳고 키우며 일과 가정의 양립을 도모하며 살았다. 특히 종가댁의 며느리이며 친정의 5남매 중 맏딸로 억척스럽지만, 다정한 마음을 가진 나는 사랑으로 시작한 가정생활과 학업과 연구를 쉬지 않고 계속했던 생활은 수도자의 마음이나 생활과 크게 다르지 않았다.

2024년 현재는 양성평등 시대, 수명장수 시대이다. 젊은 사람은 젊은 대로, 노년은 노년 대로의 삶이 만만치 않게 되었다. 특히 나는 6.25 전쟁 중에 태어나 치열하게 살아왔지만, 인생 후반의 삶도 의학과 과학의 힘으로 이제 120세를 바라보고 있다. 지금 은퇴 연령인 60~65세라는 시점은 다시 정열을 가다듬어 새로운 미래를 준비하여 나아가야 하는 출발점이기도 하지만, 아직 젊고 힘들게 살아가는 성인 자녀들을 외면하기도 어렵다. 젊은 세대들은 연애, 결혼, 출산을 포기한다는 3포 세대에서 집장만과 인간관계를 포기해야 하는 5포 세대, 꿈이나 희망도 포기하는 7포 세대를 넘어서 이제 외모와 건강까지 포기했다는 9포 세대가 등장하고 있다. 이런 젊은 자녀들과 함께 미래를 살아가야 하는 부모 세대는 과연 어떻게 살아야 행복한 삶을 살아갈 수 있을 것인가에 대한 생각을 하게 된다. 그리하여 생활을 어떻게 건강하고 아름답게 바라보며 살아야 하는지 그리고 건강이나 대인관계, 행복 등의 소중함과 더불어 우리가 지켜내야 할 가치에 대해 40년 이상을 교수라는 이름으로 살아오면서 뇌발달과 행복을 연구해 온 연구자가 아니라 생활인으로서 사랑하고 추구했던 삶의 가치관들을 펼쳐 보이고자 한다.

나는 교육심리, 발달심리학을 전공하고 교수라는 이름으로 교사 교육과 부모 교육에 전념해 왔다. 손자녀를 두게 된 시점인 2009년 가천대학의 세살마을연구소 소장직을 맡으면서 행복과 뇌과학이라는 주제를 중심으로 프로그램 개발과 연구를 진행하게 되었고, 교사 교육만이 아니라 부모와 조부모의 삶과 인생에 더 많은 관심을 가지고 이론과 실제를 적용하고자 노력한 교육전문가이다. 나는 이 책을 통해 우리가 상상하는 것 이상으로 발전한 과학과 기술의 시대라고는 하지만 어떻게 사랑하고 살아가야 하며 무엇을 배우면서 살아갈 때 행복한 삶을 마무리해야 할 수 있을지에 대한 나의 삶과 생각을 이야기하고자 한다.

이제껏 살아온 나의 삶의 여정 속에서 사람들과 더불어 행복하게 성장하는 이야기를 통해 60, 70대에게는 희망적인 미래를, 40, 50세대에게는 현재를 어떻게 살아야 할지 그리고 20, 30세대에게는 다가올 자신들의 미래를 성장하면서 살기 위해, 사랑으로 행복하게 살기 위해 늘 창조적 생활을 하는 예술가의 마음으로 살아가기를 원하는 마음과 내가 살아온 이야기를 통해 삶의 위로와 시사점을 얻기를 바라는 바람으로 애정을 담아 정리했으니 함께 사랑으로 행복해지는 삶으로의 여정을 떠나 보기를 희망한다.

2024년 4월 최혜순

프롤로그 _6

제1부

사랑하며 살기

제2부

사는 것이 예술이다

제3부

행복하게 살기

제1부

사랑하며 살기

살아가는 힘은 사랑

날씨가 좋기에 모처럼 공원 산책길에 나섰다. 양지 녘엔 이미 파릇파릇 이름 모를 풀꽃 잎들이 얼굴을 내밀고 따사로운 햇볕에 웃고 있었다. 아직은 살랑살랑 불어오는 봄바람이 차갑지만, 언 땅을 뚫고 얼굴을 내민 새 생명들의 모습이 경이롭기도 하고, 또 한편으론 날이 차니 애처롭기도 했다. 지난해 쌓인 낙엽들 속에서 돋아난 쑥은 "이제 봄이다."를 말해 주고 있는 것 같았다. 갑자기 얼마 전 만났던 한 여성의 눈 속에 고인 눈물 기억이 났다.

이렇게 파릇한 생명들이 힘차게 솟아나는 계절에 그녀의 연인은 지금 폐암 말기라 수술도 할 수 없어 하루하루를 죽음과 마주하고 있다는 것이었다. 그녀의 연인은 "네가 나를 위해 해줄 수 있는 것은 최대한 빨리 나를 잊어주는 것"이라면서 전화도 문자도 받지 않는다고 했다. 촉촉하게 젖은 눈망울로 입가에는 엷은 미소를 띠며 담담하게 이야기하는 그녀의 모습에 "사랑은 아름다운 것"이라고 말할 수만은 없었다. 이들 연인은 일에 묻혀 사랑 같은 감정은 잊고 살다가 이제 만난 지 얼마 되지 않았다. 그녀가 사랑의 기쁨에 얼굴이 상기된 채 "이렇게 사랑의 감정을 느끼게 된 것은 제 인생에 처음이에요. 우린 정말 서로 사랑해요."라고 그들의 사랑을 이야기한 것이 바로 얼마 전이었다. 그런데 천기를 누설한 탓일까? 이들 연인에게 사랑과 이별, 죽음이 동시에 찾아온 것이다. 사랑이라는 것은 살아 있는 사람에게만 가능한 것이라 삶이 곧 사랑이고, 사랑하는 것은 살아가는 것과 같은 의미라 생각하고 있었는데, 이제 고통받을 만큼 받고 떠나야 할 사람은 떠나가고, 남아서 살아야 할 사람은 또 다른 삶을 살아야 한다니, 두 사람의 운명이 너무 가혹하다.

사랑이란 심리적인 매력이나 성적性的인 매력에 이끌려 열렬히 좋아하는 이성 간의 마음부터 부모나 스승, 자식이나 제자 또는 아랫사람을 아끼고 소중히 위하는 마음까지 아주 광범위한 마음 상태를 말한다. 그러나 사랑의 본질은 논어에 나오는 말 '애지욕기생愛之欲基生', 즉 사랑이란 그 사람을 살게끔 하는 것이

사는 것이 예술이다

라는 말이 아주 적절하다고 본다. 모든 사람은 사랑하는 사람과 함께 살기를 바라고, 그 사람이 살아갈 수 있도록 도와주고, 어떤 경우에도 그냥 버려두지 않겠다고 하는 마음과 태도가 바로 사랑이다. 나도 새파랗게 젊은 날 잘해 주고 싶은 마음과 상대방의 사랑을 믿었기에, 결혼하고 살면서 몸이 너무 고될 때면 이게 정말 사랑이 맞는 것인지 묻고 싶었던 날도 있었다. 상대방이 조금이라도 나를 덜 사랑하는 것 같으면 애가 타기에, 부부나 연인 간에도 똑같이 사랑을 주고받는다는 것은 쉬운 일이 아니다. 그러니 사랑의 반대는 미움이 아니라 상대방이 살지 못하고 죽게 놔두는 것과 같아서 '사랑이 없는 집은 전쟁터나 폐허'가 되는 것이 아닌가 하는 생각이 든다.

사랑은 사람을 살게 하는 것이니, '사랑한다'라는 말보다 더 좋은 말은 없다. 사랑한다는 말을 자주 들으면 '사람이나 동물, 꽃, 나무만이 아니라 양파도 잘 자란다'라는 것을 입증하는 연구들도 많다. 사랑을 시작한 사람에게서 나타나는 몇 가지 특징은 잘 웃고, 활기가 있어 보이며 의욕적으로 움직이는데, 이런 변화는 주변 사람들이 먼저 알아차리게 된다. 그래서 재채기와 사랑하는 마음은 감출 수 없다는 말이 있다. 사랑하는 사람의 마음은 온몸으로 드러나게 되어 있는데, 그 이유는 사랑을 시작한 뇌는 기쁨과 행복을 느끼게 하는 신경전달물질, 도파민을 마구 뿜어내어 몸과 마음을 들뜬 상태로 만들기 때문이다. 도파민은 사랑이 시작되는 연애 초기에 가장 많이 분비되지만, 시간이 지나면서 만족감을 주는 또 다른 신경전달물질의 활동이 증가하면서 점차 뇌는 안정화되는데, 이런 변화를 연인들은 열정이 식은 것이라고 표현하기도 한다. 하지만 도파민은 중독성이 있기에 시간이 지날수록 자극에 반응하는 감도가 떨어지기는 하지만, 뇌는 사랑하는 상태에 있으면 에너지를 충분히 공급받아 힘이 넘치고 동기유발도 잘 되기 때문에, 항상 사랑하는 상태에 있기를 원하게 된다. 사랑의 대상은 연인, 가족, 친구, 동료, 이웃을 비롯해 반려동물이나 반려 식물, 일, 공동체 같은 것일 수도 있다. 사랑의 대상이 무엇이든 사랑한다는 것은 그 대상에 매우 집중해 있는 상태로 뇌의 전체 기능이 활성화되는데, 사랑을 받는 것보다는 자신이 사랑할 때 이런 상태에 이르기 때문에 우리는 언제나 자신이 사랑할 대상을 찾게 된다. 사랑하지 않을 때 뇌는 힘이 뚝 떨어지는데, 어떤 뇌든 예외가 없다. 만일 잘 먹고 잘 자는 데도 어쩐지 힘이 나지 않는다면, 그것은 사랑하기를 멈췄기 때문이다.

오늘 하루, 아주 작은 꽃이라도 사랑해야 하는 이유가 바로 살아갈 힘을 주는 것이 사랑이기 때문이다. 사랑의 시작은 누가 시켜서 하는 것이 아니라 자발적으로 자신의 힘과 에너지를 한껏 드러내며 상대방을 즐겁게 충족시키는 것이니, 사랑은 사람을 살게 하는 묘약이 분명하다. 사랑하는 사람들은 몸 전체에서 발산하는 에너지도 다를 뿐 아니라 눈빛도 생기가 나서 사랑하면 예뻐진다는 말이 있다. 그러나 우리는 사랑이 자연 발생적 감정이며 대상만 생기면 저절로 사랑할 수 있다고 하는데, 사랑의 본질을 알고 실천하기 위해 의식적으로 노력하는 기술이 더 필요할 수도 있다.

중국을 대표하는 소설가 위화余華는 자기 소설《살아간다는 것》에서 "사람은 살아가는 것을 위해 살아가지, 살아가는 것 외의 그 어떤 것을 위해 살아가는 것이 아니다."라고 말한다. 결국 사람은 자신에게 주어진 삶을 살아가는 것 외의 그 어떤 것을 위해 살아가는 것이 아니니, 자기 스스로 매 순간 자신과 자신의 주변이 즐거워지는 삶을 선택하여 살아야 한다. 사실 이는 그리 어려운 일도 아니다. 나이가 들고 보니 시간이 허락된다면 산책하며 푸른 정원의 색을 즐기고, 아름다운 꽃들과 눈이 부신 햇살 아래, 아니면 푸른 달빛 아래 풋풋한 향기를 더불어 즐길 수 있는 자연과의 삶도 살아가는 즐거움이다. 살아간다는 것은 내가 죽음을 선택하여 의도적으로 무엇인가를 하지 않는 한 살아갈 수밖에 없는데, 그 살아가는 힘의 원천은 바로 사랑이다.

사람을 만나는 일

나는 어린 시절부터 놀아본 적이 별로 없어 동네 친구를 사귀지 못했다. 그런데 뒤늦게 나이 40이 넘어서 내가 이제까지 한 번도 만나본 적이 없는 스타일의 사람과 동네 친구가 되었다. 내 인생에서 동네 친구를 둔 것은 처음이다. 동네 친구가 좋은 것은 시간만 맞으면 아무 때나 입은 옷 그대로, 머리도 대충 빗고 만나도 허물이 안 되고, 저녁을 먹고 나서 차 한잔 마시거나 그냥 동네 한 바퀴 걸으면서 오늘 지낸 이야기를 스스럼없이 주고받을 수 있기 때문이다. 특히 내 가족 누구와도 연이 없을 뿐 아니라 학연, 지연과는 무관한 친구라 내 속마음을 다 털어놓을 수 있고, 어떤 이야기를 해도 말이 나는 것을 걱정하지 않아도 되었다. 바로 이 동네 친구가 내 나이 50이 되어서야 동창이나 가족, 형제자매가 아니어도 행복할 수 있다는 것을 알게 해주었다. 그녀는 멋을 알고 예술을 사랑하며, 무엇보다 자기 자식이 어떠하더라도 품어 안을 수 있는 가슴이 넉넉한 사람이었다. 나와는 동갑내기지만, 캐나다 시민권자로 두 아들의 교육비를 벌기 위해 한국에서 일하며 캐나다에 송금하는 한국의 전형적인 열혈 극성 엄마였다. 그 당시 나는 시아버님을 모시고 살았으며, 딸 둘이 모두 대학에 진학했고, 아들은 고등학교 재학 중이었는데, 직장이나 가정일로 힘들 때 일주일에 한두 번 아무 때나 시간만 맞으면 공원을 함께 걸어주며 나에게 위로를 준 된 동네 친구라 정말 좋았다. 그녀와 난 어떤 것도 공유할 수 없는 전혀 다른 삶의 이야기를 많이 했지만, 삶의 애환은 거의 비슷해서 그저 들어주기만 하거나 공감해 주기만 해도 되었기에, 친구를 만나는 것은 위안이며 휴식이었다.

그런데 모든 만남에는 시작과 끝이 있기 마련이다. 우리가 이렇게 만난 지 10년 정도 지나자, 친구는 캐나다로 돌아가지 않으면 안 되었고, 바로 이어 시아버님이 하늘나라로 가시고 두 딸과 아들도 집을 떠나 집안이 쓸쓸해졌다. 그런데 내 인생에 한가할 틈은 없는지 교육과 연구로 일이 쏟아져 누구를 만나거나 생각할 틈도 없이 밤낮으로 바빴다. 그래서 캐나다로 훌쩍 떠나버린 친구와 가끔 통화를 하거나 메일을 주고받기만 했어도 좋았다. 젊은이들은 꿈으로 살고 나이 든 사람은 추억으로 산다는데, 나에겐 정말 아름다웠던 그 추억으로 행복한 순간도 많다. 오늘처럼 전화로라도 친구와 함께 늙어가고 병들어 가는 이야기를 주고받을 수 있다는 것만으로도 좋다. 친구는 내 젊은 날의 추억이 담긴 생기 있는 이야기를 나눌 수 있고, 늙는 일에 초연하며, 외모가 변해도 사람다운 사람의 향기를 알게 해주었다. 친구와 나는 각기 다른 분야에서 일하기에, 시기 질투하는 마음 없이 잘 살기만을 바라면 되었다. 특히 걷기 좋은 계절이면 바로 집 앞 공원을 산책할 때 함께 걷곤 했던 동네 친구와의 추억을 떠올리는 것만으로도 행복하다.

불현듯 머릿속에 정현종 시인의 〈방문객〉이라는 시의 몇 구절이 떠오른다.

사람이 온다는 건
실은 어마어마한 일이다.
그는
그의 과거와
현재와
그리고

그의 미래와 함께 오기 때문이다.

한 사람의 일생이 오기 때문이다.

정말 그랬다. 그 동네 친구만이 아니라 심지어 처음 만났을 때 스무 살 남짓이었던 제자들도 이제 환갑이 되어 그들의 인생을 함께 이야기하며 같이 늙어가다 보니, 친구처럼 가깝게 지내게 되었다. 이처럼 사람을 만나 그의 과거와 현재, 미래를 모두 알아 버리는 경험을 많이 하다 보니 '사람을 만나는 일은 정말 어마어마한 일'로 아무나 만나면 안 되는 일이기도 하다.

오늘 오후에는 이제 막 성년이 된 예쁜 여대생을 만나게 되었다. 그녀는 남들이 말하는 소위 명문대에 재학 중인데, 부모가 알면 반기지 않을 사람과 사랑에 빠졌단다. 그녀는 나와 이야기를 나누는 동안에도 그 남자가 자신에게 얼마나 힘이 되고 위로가 되는지 모른다며 행복한 표정을 지었다. 내가 그 사람이 왜 좋으냐고 물었더니 '그냥!'이라고 말하며 웃었다.

대부분 "나를 왜 사랑해?"라는 질문에 "그냥, 사랑해. 그냥 네가 좋아. 아무런 이유 없이, 조건도 없이 그냥, 마냥 네가 좋다."라는 내용이 전부인 용혜원 시인의 '그냥'이라는 시 구절처럼, 나도 학생들을 30년 넘게 가르치는 동안 첫 만남에 '그냥'

좋은 느낌의 학생도 있었고, '그냥' 싫은 느낌의 학생도 있었기는 했다. 그런데 '그냥' 싫었던 학생도 시간이 지나 그의 생활이나 상황을 알게 되면서 더 좋아지는 경우가 많았다. 한편 사랑에 빠진 두 남녀가 서로를 끌어당기는 힘은 그들에게 생명을 주고, 자기 몸보다 더 사랑해서 키워준 부모를 안중에도 없게 한다. '그냥 좋다'는 것만으로 부모의 품을 떠나 새로운 세계를 구축할 수 있게 하는 강력한 '끌어당김'인 사랑은 새로운 세상을 열어주는 힘이 된다. 사랑의 시작은 대체로 두 가지 경우이다. 그 하나는 자기 자신에 대해 잘 모르는 철부지이거나, 다른 하나는 상대방에 대해 잘 모르는 상태에서 시작된다. 내가 누군지도 확립이 안 되어 있고, 그 사람이 어떤 사람인지도 모르면서 어느 순간 첫눈에 들어 마음속에 자리 잡고 떠나지 않는 경우가 많다. 사랑은 처음에 그렇게 온다. 그러다 어느 순간 "나는 널 사랑해!"라고 말하며 하게 된 첫 입맞춤은 젊은 연인을 마법에 걸리게 한다.

연인의 세계 속으로 빨려 들어가는 첫 입맞춤은 심장을 뛰게 하고, 피는 머리끝으로 솟구쳐 오르게 되어 눈을 감아야만 견딜 수 있는지 모르겠다. 나는 여고 시절에 처음 읽은 한용운 님의 〈님의 침묵〉 중 "날카로운 첫 키스의 추억은 나의 운명의 지침을 돌려놓고 사라졌습니다"라는 한 구절을 잊을 수가 없다. 그때가 여고 2학년이었는데, 정말 운명의 지침을 바꿀 만큼 커다란 무게로 심장에 '쿵!'하고 꼭 박혀 버리는 사랑이 있기는 한 것인지 궁금하기도 했다. 살아 보니 어떤 사랑도 두 사람이 똑같은 질과 양으로 사랑하기는 어렵다는 것을 알게 되었는데, 그 이유는 마음이란 정확하게 수량으로 가늠하기가 어렵기 때문이다. 특히 내가 상대방을 사랑하는 마음은 조절이 가능할 수도 있겠지만, 상대방의 마음은 내가 조절할 수 있는 영역이 아니다. 그래서 연인 간에 "자기 나 사랑해?"라고 묻는 것은 사랑의 확인이 아니라 "나를 사랑해 줘.", 아니면 "당신이 나를 사랑하지 않으면 나는 참을 수 없어."라고 협박하는 것과 같은 것이다. 대부분의 연인들이 서로 사랑한다고 해도 조금이라도 더 사랑하는 쪽이 약자가 되어 혹시 이 사랑을 잃을까 염려하다 끝이 나는 경우도 있다. 사랑의 또 다른 어려움의 하나는 상대방이 원하는 특질들을 자신의 것으로 만들려고 노력한다는 점이다.

사랑을 처음 시작한 연인의 경우, 상대방에게 '있는 그대로의 나'를 보여주는 것이 쉽지 않다. 어느 정도 '꾸며진 나'를 보여 줘야 하는가에 대한 답은 정할 수 없지만, 오랜 연인 중에는 '꾸며진 나'가 '있는 그대로의 나'처럼 되는 경우도 있다. 만남의 시간이 길어질수록 '있는 그대로의 나'가 자연스럽게 나오기도 하지만, 사랑한다면 서로 잘 보이려고 하는 것이 정상이다. 그리고 한시라도 못 보면 죽을 것 같은 사랑도 시간이 지나면 상대방의 마음이나 상황이 변해가고 있을 뿐 아니라 자기 자신도 변해가기에 사랑도 변해간다. 그래서 오래 만났다고 하여 상대방을 잘 안다고 말하기 어렵다. 자신이 사랑한 사람이 정말 저 사람이었는지? 저 사람의 무엇을 좋아한 것인지? 잘 생각해 봐야 한다. 그러므로 서로 사랑한다면 시간이 흐를수록 자신들의 경험과 상황에 따라 사랑을 재탄생시킬 수 있어야 한다. 인간의 능력 중 놀라운 것은 사랑하는 사람과 헤어져 죽을 것처럼 고통스러워했던 사람들도 시간이 지나면 다시 또 새로운 사랑을 시작한다는 것이다. 사랑이란 말로는 다 표현이 안 되는 인간의 수만큼 다양한 마음의 작용임이 분명하기에, 사람들은 모두 사랑하고 사랑받기를 원하지만 쉽지 않다. 나는 살아오면서 남자와 여자 사이가 아니더라도 누군가를 진심으로 만난다는 건 대단한 일이라는 것을 몸으로 안다.

봄바람이 차가운 3월 입학식에서 스무 살 남짓의 여학생들을 처음 만나는 순간, 나는 그들의 미래까지 함께 온 것을 깨닫지 못하고 그들의 현재와 과거 만을 보았다. 그런데 그들과 울고 웃으며 오십 또는 육십이라는 나이까지 함께 지내다 보니, 그들의 미래도 같이 왔다는 것을 실감하게 되었다.

사실 많은 사람 중에 같은 시기, 같은 공간에서 수십 년을 함께하며 서로의 과거와 현재 그리고 미래를 이야기할 수 있다는 것은 정말 어마어마한 일이다. 사람들이 서로 스치며 살아가는 것 같아도 사실 과거와 현재를 이야기하고 미래까지 공유하는 인연은 상상도 못 할 만큼 깊은 인연이라고 생각한다. 인연을 종교에 따라 업業이라고도 하고 준비된 만남이라고도 하지만, 나는 건강하게 살아가는 사람들과 함께하면 즐겁고 서로의 성장을 도모하며, 서로에게 위로가 되는 사람 숲, 그런 행복한 숲에 있는 것 같다. 함께하는 사람들이 얼마나 소중한지를 알고 있기에, 사람을 만나는 일에 감사하며 힘을 얻기도 하고, 때로는 위로가 되기도 하는 귀한 만남에 늘 감동한다. 이제껏 그래왔듯이 상대방의 마음과 내 마음이 같지 않아도 관계 유지를 위해 진심을 담아 속마음을 표현하기도 하고, 내 마음과 같아지기를 기대하면 언젠가는 같은 마음으로 한 방향을 바라보게 된다는 믿음도 있다. 오늘도 나는 새로운 사람을 만남으로써 그의 과거와 현재, 밝은 미래가 함께 오는 어마어마한 일을 체험하고 있다.

사 는 것 이 예 술 이 다

마음속 풍경

　　우리는 가끔 "마음이 아프다."고 말하는데, 정말 마음은 어디에 있나? 머리인가? 가슴 어디인가? 심장인가? 우리는 보통 가슴에 두 손을 얹어 마음을 표현하지, 머리를 가리키면서 마음을 표현하지는 않는다. 사전적으로 마음이란 '생각, 의식 또는 정신', '감정이나 기분', '의지나 결심' 등을 의미하며, 생각만이 아니라 감정이나, 충동이나, 애정이나 욕망의 근원으로 정의한다. 동서고금의 위대한 학자와 사상가들이 마음에 관해 연구하고 많은 말과 글을 남겼지만, 막상 "마음이란 무엇인가?"라는 질문에 명확하게 답하기는 어렵다. 우리말 사전_{이희승 편}에서는 마음을 '지정의'의 움직임 혹은 그 움직임의 근원이 되는 정신적 상태의 총체라고 말한다. 다시 말해서 마음은 인지능력知, cognition과 감정情, affection, 의지意, will가 포함된 개념으로 성품·감정·의사·의지 등 정신작용의 주체가 된다.

그런데 오늘 초등학교 2학년 손녀가 《아홉 살 마음 사전》이라는 책을 가지고 왔기에, 손녀에게 "너의 마음이 어디 있어?"라고 물으니 "생각에 있어요."하고 답을 하기에 놀랐다. 나는 다시 손녀에게 "다섯 살 때 너의 마음은 사탕이나 초콜릿 많이 먹고 싶었지? 그때 엄마가 '하나만 먹어!'라고 했을 때 '많이 먹을 거야!'라고 고집을 부렸지만, 아홉 살이 되니까 '하나만 먹어!'라고 하는 것은 엄마가 너를 사랑해서 그러는 것이라는 생각이 들기는 해?"라고 물으니 그렇다고 한다. 그래서 나는 다시 "다섯 살 어린 마음과 아홉 살 마음은 다른 거야. 엄마가 서른일곱 살이면 서른일곱 살 마음으로 너에게 이야기해 주는 것이니, 엄마의 마음을 잘 모르겠으면 '엄마가 나를 위해서 그러는 것일 거야!'라고 생각해도 되겠지?"라고, 이야기하니 잘 이해했는지는 알 수 없었지만, 다른 말은 하지 않고 "알았어요."라고 했다. 이제 아홉 살 손녀와 책을 매개로 마음 이야기를 나눈 것이다.

마음이란 과연 무엇일까? 사실 마음이 지닌 본연의 요소인 생각이나 감정 등이 외적인 요소로 나타나는 것은 알 수 있지만, 그 의미가 어떤 방식으로 확장된 것인지, 아니면 어떤 관련성

사는 것이 예술이다

이 있는지 알 수가 없다. 그래서 "열 길 물속은 알아도 한 길 사람 속은 모른다."라는 말이 있는 것이다. 특히 인공지능 시대, 온라인 세상에서 상대방의 마음을 알지 않아도 될 것 같은 세상에 살고 있어 마음에 관심이 더해지고 있는 것일까? 아주 어린 아기들, 예를 들어 '두 돌 이전의 아기의 마음은 있기나 한 걸까?'를 생각해 본다. 일반적으로 아기들의 울음과 웃음 등 표정이나 하는 짓을 보고 마음도 그럴 것으로 생각하고 대응해 주는 그런 과정에서 아기의 성품은 발달해 간다. 사실 우리의 마음은 아주 오래전 우리의 조상부터 시작하여 이미 어느 정도 만들어져 왔다는 것이 인정되는 이유는 잘 웃는 아이, 늘 징징거리거나 우는 아이, 화를 잘 내는 아이, 긍정적인 아이는 그렇게 양육되었다기보다 타고 난 경우도 많기 때문이다. 아이들이 성인으로 성장해 가는 과정에 긍정적이든 부정적이든 가장 직접적인 영향을 준 사람들은 부모를 중심으로 한 가족이다. 나 자신을 돌아보아도 내 안에 아버지, 어머니의 특성들이 살아 움직이고 있었다는 것을 그 유명한 심리학자 칼 융의 '무의식의 이야기'가 아니더라도 이제는 알 수 있을 것 같다.

마음을 주관하고 있는 주체, 즉 보이지 않는 정신의 저장 공간이 과거에는 심장이라고 생각하였다. 그래서 사랑하는 마음이 있는 공간을 심장이라고 생각했고, 사랑의 거소로 잘 어울려 의심의 여지가 없었다. 2004년 로맨틱 코미디드라마 〈파리의 연인〉에서 남자 배우가 상대 여배우에게 자기 가슴을 가리키며 "이 안에 너 있다. 네 맘속에 누가 있는지 모르겠지만, 내 맘속엔 너 있어."라는 말을 했는데, 그 뒤 이 말은 사랑 고백의 대명사가 되었다.

사람들은 사랑의 마음은 심장이 있는 가슴에 존재한다고 생각한다. 실제로 사랑이 끝나 헤어지는 고통은 '심장이 찢어지는 것 같이 너무 아프다'로 표현하는 것으로 보아 마음의 작용은 심장의 기능과도 관련이 있는 것 같다. 심장이 찢어지도록 아프거나 방망이질하듯 두근거리는 것의 근원은 뇌에 있다. 최근 약국에서 처방전 없이 구할 수 있는 진통제인 아세트아미노펜타이레놀과 이부프로펜애드빌, 모트림이 신체 통증뿐만 아니라 감정과 이성에도 영향을 준다는 연구결과가 나왔다. 신체적 통증 완화와 관련된 약물이 뇌의 '고통에 대한 민감도와 정보처리 능력'을 누그러뜨린다는 것이다. 그러니 실연의 고통으로 가슴이 아프다면 진통제류의 약을 먹고 자면 고통이 줄어든다는 것이다. 그러고 보면 인간 참 별것 아니란 생각이 든다.

사람들은 타인의 말이나 상황에 따라 잘 바뀌는 사람을 줏대가 없다고 하는데, 자신 마음 작용의 근원이나 흐름을 아는 사람보다 자신이 왜 그러는지 모를 때가 더 많다. 요즈음 큰딸 가족이 우리 집에서 한달살이하고 있는데, 중학교 2학년이 되는 큰손녀와 이제 초등학교에 들어가게 된 막내 손녀가 같이 살고 있다. 수서IC를 지나다 보면 한국지역 난방공사가 보이는데, 요즘처럼 날씨가 추운 겨울엔 굴뚝의 수증기가 뭉게뭉게 구름처럼 피어오르는 모습을 볼 수 있다. 유치원에 다니는 손녀가 그 광경을 보며 하는 말이 "오늘은 하늘에 구름이 없어서 구름 공장에서 구름을 만들어 내는 것 같아요."라고 표현하는데, 어린아이의 눈에는 지역난방공사의 굴뚝을 구름 공장의 굴뚝으로 보는 것이다. 나는 그 아이의 머릿속이 궁금했다. 또 하루는 두 손녀가 모 방송국의 연말 연예대상 시상식 놀이를 하고 있었다. 상을 받게 된 큰 손녀가 마이크를 잡고 "여러분 정말 감사합니다. 사실 제가 이렇게 된 것은 저의 할머니께서 제가 어렸을 적부터 저를 슈퍼스타로 부르셨기 때문입니다."라고 말하는 것을 듣고 놀랐다. 나는 큰 손녀가 예술학교에 들어가자마자 내 핸드폰에 있는 손녀 이름 앞에 '슈퍼스타'로 저장해 두었다며 보여준 적이 있었는데, 그것을 기억한 것이었다. 내가 세상을 떠나더라도 손녀들의 추억 속에 나는 살아있을 것이므로, 손녀들 마음속에 '좋은 추억만들기에 투자하리라.'라고 마음먹게 된다.

세월이 흐르고 흐르면 더 좋을 것이라 생각하고, 힘들어도 그러려니 하며 살아온 세월 속에 몸이 늙어지면 욕망도 줄고, 하고 싶은 일도 없어질 줄 알았는데, 젊어서는 몰랐던 즐거움을 손녀들과 함께 살면서 더 많이 알게 된다.

고 장영희 교수의 수필집 《살아온 기적 살아갈 기적》에 나오는 '내가 살아보니까'의 한 구절 "소중한 사람을 만나는 것은 한 시간이 걸리고, 그를 사랑하게 되는 것은 하루가 걸리지만, 그를 잊어버리는 것은 일생이 걸린다."는 말과 "내가 살아 보니까 남의 마음속에 좋은 추억으로 남는 것만큼 보장된 투자는 없다."는 말이 가슴에 남았다. 내가 장 교수를 알게 된 것은 《문학의 숲을 거닐다》라는 수필을 통해서였다. 서강대 영문과 교수였던 그녀는 생후 1년 만에 소아마비에 걸려 어린 시절을 친구들이 노는 것만 바라보며 지냈는데, 어느 날 갑자기 친구들이 놀이에 참여시켜 준 것을 계기로 함께 즐겁게 지냈던 것을 고마워할 정도로 넓은 가슴으로 자랐건만 암으로 58세에 하늘로 돌아갔으니, 신은 정말 공평하시다. 육체의 병은 주셨으나 마음은 그 누구보다 건강하여 정말 주옥같은 글을 많이 남겨 많은 사람에게 지금도 위안을 주며 살고 있으니, 정말 지구상의 아름다운 금수강산, 대한민국에 소풍 나왔다가 집으로 돌아가 편히 쉬는 것 같은 찬란한 인생을 살았다고 할 수 있다.

'잘 산다는 것'이 무엇인지 이제는 나도 알 것도 같다. 이만큼 살아 보니 반짝이는 비싼 보석도, 좋은 옷도 필요 없고, 아주 건강한 몸도 그다지 중요치 않게 느껴진다. 어차피 시간이 가면 몸은 병들고 나약해지는 것이 자연의 섭리이므로 더 건강해지기를 바라는 것은 노욕에 속할 것 같다. 차라리 정신이 맑아지고 빛이 날 정도로 총명해져, 내가 누리고 산 것만큼 세상에 돌려줄 수 있을 때까지 살기를 기도하게 된다. 내가 사랑한 사람들 그리고 나를 사랑한 사람들 모두 몸고생, 마음고생 안 시키고 햇살 좋은 봄날, 목련꽃처럼 지고 싶다는 생각이 든다. 이 모든 것이 마음속 풍경이니, 그 마음의 깊이와 넓이가 참 궁금하다.

외로우니까 사람이다

얼마 전 서점에 갔다가 오래전부터 알고 지내던 선배를 우연히 만나게 되었다. 그녀는 바로 우리 집 근처에 살고 있어 함께 산책도 하고 이야기를 나눌 기회가 많았었다. 그러나 그녀에 대해 내가 아는 것은 미인대회 출신으로 엄청 부자라 옷이나 핸드백은 모두 명품이고, 남편은 개인병원의 원장 및 00클럽 총재라서 30대에 이미 지구촌 어디든 다 다녀왔고, 자녀들은 모두 해외 유명 학교에 다닌다고 말했다. 우리가 묻지도 않았는데 이렇게 자기 자신을 지나치게 드러내는 사람을 나르시시스트, 즉 자기애가 강한 사람이라고 말한다. 나르시시스트 하면 수선화가 떠오르는 이유는 수선화의 꽃말이 '자기애, 자기 사랑,

자기도취, 내면의 외로움'이기 때문이다. 그리스 신화에 등장하는 나르키소스는 얼굴이 예쁘고 잘 생겨 여성들의 사랑을 한 몸에 받는 청년이었다. 그런데 숱한 프러포즈를 모두 거절한 대가로 누구도 사랑할 수 없는 저주를 받게 된다. 어느 날 사냥을 하다 갈증을 느껴 숲속의 샘을 찾아 물을 마시려다 물속의 자신을 보고 사랑에 빠져 죽게 된다. 나르키소스가 죽고 난 뒤 샘물가에 한 송이 꽃이 피어났는데, 바로 그 꽃이 수선화이고 속명은 나르키수스라고 한다. 이처럼 나르시시즘은 호수에 비친 자기 모습과 사랑에 빠져 익사한 나르키소스처럼 자기 자신에 대한 심한 사랑이나 애착에 빠져 있다는 것을 의미한다. 나르시시스트는 겉으로 보기엔 자신을 많이 사랑하는 것 같지만, 실제로는 누구도 사랑할 수 없는 사람들이다.

자기애가 지나쳐 자기애적 성격장애로 판명되는 경우는 전체 인구의 1% 이하지만, 타인의 사랑과 존경이나 인정을 끝없이 갈구하기에 이들을 만나면 피곤하다. 나르시시스트는 자신의 재능, 능력을 과대평가할 뿐 아니라 자신이 중요한 사람이라고 믿기에, 타인의 평가에 집착하고 민감하게 반응하면서 특별한 계층의 사람과 어울리려고 한다. 물론 특별한 계층의 사람들만이 자신을 이해할 수 있다고 믿고 행동하며, 다른 사람들에게 특별대우받는 것을 당연하게 여긴다. 한편 우리는 자녀를 양육하거나 제자들을 교육하면서 '자신감'을 가지라고 가르친다. 자신감이란 무엇인가에 도전하는 용기, 시련을 극복할 에너지에서 비롯된다. 그런데 이런 자신감의 배후에 '내가 제일 잘났고, 특별하고 특권이 있는 사람'이라는 믿음이 깔려있다면 자기애적 성격장애 증상이 있는 것이다. 나폴레옹이나 알렉산더, 히틀러 등 전쟁과 격변을 일으킨 인물들이 바로 그런 사람들이다. 자기애적 성격장애의 3대 요소는 '현실보다 과장된 상상이나 과장된 행동, 타인에게 존경받고 싶어 하는 욕구, 타인에 대한 동정심의 부족'인데, 이들은 이 세 가지가 모두 나타난다. 그러나 자기애가 강한 사람들은 일상생활에서는 대단히 사려 깊고 배려심 많은 사람처럼 행동하기 때문에, 인간관계에서 알아차리기 어렵고, 단지 '저 사람 좀 왕자병, 공주병이 있어.'라고 하기에는 끝없이 칭찬과 사랑을 갈망하고, 감정이입 능력도 없어 가까운 사람을 정신적으로 힘들게 하는 경우를 보게 된다. 이들은 상대방의 출신 학교, 아버지 직업, 경제 상태, 고민 등에 대한 질문이 많기에 상대방은 자기의 어려움, 슬픔 등을 공유하는 관계로 생각하기 쉽지만, 이들은 칭찬만 듣고 싶어 하고 사소한 비판에는 크게 화를 낸다. 그 이유를 들면, 나르시시스트는 자기의 어려움이나 약점을 절대로 남에게 말하지 않고 장점만 말하기에, 이들과 사귀고 있는 동안에는 상대방은 늘 불리한 입장에 있게 된다. 자기 사랑이 지나친 사람들은 대부분 내면에 큰 외로움을 가지고 있다.

시인 정호승은 〈수선화에게〉라는 시를 통해 외로운 사람들에게 이렇게 말한다.

> 울지 마라.
> 외로우니까 사람이다,
> 살아간다는 것은 외로움을 견디는 일이다.
> 공연히 오지 않는 전화를 기다리지 마라.
> 눈이 오면 눈길을 걸어가고
> 비가 오면 빗길을 걸어가라,
> 갈대숲의 가슴검은도요새도 너를 보고 있다,
> 가끔은 하느님도 외로워서 눈물을 흘리신다. (중략)

외로우니까 사람이며 가끔 하느님도 외로워하신다니 위로가 된다. 하지만 우리 사회는 현재 1인 가구가 급속도로 증가하면서 '혼밥족', '혼술러' 등의 신조어가 난무하고 있는데, 이는 결코 건강한 사회라고 할 수 없다. 1인 가구의 삶, 나 홀로 집이 선택이 아닌, 그저 받아들일 수밖에 없는 상황에서 혼자 사는 외로움은 어떻게 해결해야 할까? 이것은 이제 개인의 문제가 아니라 사회의 문제가 되고 있다. 2015년 무렵에 등장한 '커들링', 즉 '포옹하기'가 이제 일종의 집단 심리치료의 한 방안으로 대두되고 있다. 미국과 캐나다에서 유행하고 있는 '커들 파티', 다시 말해 '포옹 파티'에 참가하는 사람들은 두 시간 남짓 낯선 사람들과 몸을 맞대며 교감의 시간을 갖게 되는데, 처음 만난 사람과의 신체 접촉인 만큼 부담스러울 수도 있지만 시간이 흐를수록 참가자들의 얼굴엔 미소가 번진다고 한다. 물론 상대에게 불쾌감을 줄 수 있는 과도한 신체 접촉은 엄격히 금지되어 있고, 상대를 만지거나 껴안을 때는 반드시 허락을 구해야 하지만 참가자들은 충분한 위로와 휴식을 얻을 수 있다고 하는데, 그 이유는 실제로 포옹을 하면 뇌에서 '옥시토신'이라는 사랑의 호르몬이 생성돼, 혈압을 낮춰주고 스트레스를 줄여 주기 때문이라고 한다. 이런 점에 착안하여 이제 캐나다와 미국에서는 돈을 받고 손님을 안아주는 이른바 '커들 숍'이 등장했다고 하는데, 배우자를 잃었거나 우울증에 시달리는 사람들이 많이 찾는다고 한다. 이처럼 초연결 사회, 소통 과잉 사회에서 외로움을 호소하는 사람이 갈수록 늘어나자 포옹 서비스, 커들 숍이 생겨난 것이다. 우리나라에서도 곧 '커들 파티'와 '커들 숍'이 생겨날 것으로 예측된다. 이제 돈을 내고 '커들 숍'에서 누군가를 안거나 안김을 경험해야 위로가 된다니 만감이 교차한다.

옥시토신은 신뢰와 사랑을 촉진하며 진통을 줄이고, 공포와 불안감을 완화시켜 주고, 위 운동장애 문제를 해결하는 등의 효과가 있다고 밝혀졌으며, 모성애의 근원이 되는 호르몬으로 아기 출산 시에 최고로 분비된다고 하지만, 남녀 누구에게나 분비되며 사랑과 행복의 묘약으로 작용한다. 일반적으로는 엄마가 아기를 안고 젖을 먹이는 장면이나 사랑이 넘치는 신체 접촉의 장면을 떠올리겠지만 가족, 친구, 동료, 연인은 물론 강아지나 고양이 등 반려동물 또는 반려 식물 등 좋아하고 사랑하는 대상과 눈을 맞추며 나누는 대화나 악수, 포옹, 마사지 등 가벼운 스킨십만으로도 충분하다고 한다. 특히 만병의 근원인 스트레스의 해소에 도움이 되는 옥시토신 호르몬은 누군가와 신체적 정서적으로 함께할 때 분비되는데, 베풀고 나눌 때 더 풍성해지므로 누군가와 몸과 마음을 함께하는 것이 좋다. 손가락으로 터치한 번만 하면 모든 것이 연결되는 세상에서 우리가 사랑과 행복을 나누기 가장 좋은 순간은 바로 지금이다. 바로 옆에 있는 사람이면 좋겠지만. 여건이 허락되지 않는다면 식물이건, 동물이건 눈을 맞추고 정서적으로 교감하며 쓰다듬고 안아줄 수 있다면 '커들 숍'은 필요 없다. 그마저도 어렵다면 그냥 하늘의 구름이나 꽃, 아니면 들풀이라도 자연과 교감하며 웃을 수 있어도 외롭지는 않을 것이다.

여자는 꽃이 아니야

1980년대 초반에 교수가 된 나는 교수가 아니라 여교수였다. 여자라는 성별은 이름보다, 직업보다 먼저 나를 수식했지만, 남녀 간에 급여 차이가 없는 교직은 그 당시 여자에게는 최고의 직업이었다. 그런데 1985년 봄, 한 여성학자가 학생들을 대상으로 한 〈그대는 꽃으로 살려는가?〉라는 주제강연에서 여성에 관한 새로운 관점, 여성은 수동적인 꽃이 아니라 자발적이고 주체적인 한 인간이라는 것을 인식해야 한다고 주장했을 때 매우 놀랐었다. 그 이유를 들면, 나는 직업이 있어도 퇴근과 동시에 집으로 출근하여 온갖 일을 다해야 하는 무수리였다. 대부분의 대학에서 축제가 열리던 5월, 그 당시 대학가 축제

사는 것이 예술이다

는 술을 많이 먹고 노는 분위기여서, 밤이 늦으면 교내에서 사고가 일어날 가능성이 높아 교수들도 학생들의 안전을 위해 축제가 끝나는 시간까지 교내에 머무르는 경우가 많았다. 나는 축제 구경도 하며 학생들이 웃고 즐기는 떠들썩한 교정을 걷고 있던 도중에 전공이 다른 옆 연구실의 남자 교수를 만났는데, 평소 알고 지내는 사이였기에 서로 반갑게 인사를 나누게 되었다.

그런데 그 교수님이 나에게 "아니, 아이들 저녁밥은 어떻게 하고 여기 계시나요?"라고 말하는 순간, 나는 기분이 몹시 상했다. 축제가 진행 중인 교내에서 우연히 만난 그 순간에 왜? 남의 자식 밥걱정을 하는지... 그 교수님은 나를 동료 교수로 본 것이 아니라 아이들의 엄마, 여자로 보고 있었다. 사실 그 당시 사회에서는 여자들이 갖는 직업에 모두 여자라는 명칭이 붙었다. 여사장, 여가수, 여교수, 여학생, 여사원 등등. 그런데 그것이 전혀 이상하게 들리지는 않았었다. 그리고 여자를 꽃에 비유했는데, 여성을 꽃이라고 한 이유는 무엇일까? 여성이 꽃처럼 예뻐서 꽃에 비유한 것일까? 사실 꽃은 색깔이 예쁜 장미나 향기가 좋은 백합도 있지만, 향기도 색도 별로 없는 작은 풀꽃들도 있다.

우리가 사는 자연계에서 대부분의 동물들은 수컷이 암컷보다 더 크고 멋지다. 암사자와 수사자, 수소와 암소만 보더라도 수컷들의 외양이 훨씬 더 멋지고 힘도 세다. 물론 수탉이 암탉보다 훨씬 멋진 이유는 '멋진 수컷이 유전자를 퍼트리는 생식, 즉 짝 짓기에 유리하기 때문에 그렇게 진화된 것'이라고 한다. 실상 멋지고 아름답다고 하는 여자들도 화장하지 않고, 다양한 색이나 디자인으로 된 옷을 입지 않고, 머리도 손질하지 않은 자연 그대로의 모습은 남자들에 비해 뛰어나게 아름답지 않을 수 있다. 그러나 꽃의 가장 큰 사명은 열매를 맺어야 하는 것이다. 그래서 과거에 여성의 가장 큰 사명은 아이를 낳는 것과 가족을 살피고 먹이는 일이었기에, 아이를 많이 낳고 이를 거둘 수 있는 여성이 존중의 대상이 되었었다. 임어당林語堂은 "여성의 가장 아름다운 모습은 어린아이와 손잡고 정답게 걷는 어머니!"라고 말한 적이 있는데, 이처럼 여자는 아이를 낳고 기르는 것과 연결되어 있다. 그래서 아이를 낳지 못하는 여성은 대접은커녕 내쳐지기도 한 슬픈 역사도 있었다. 그런데 뇌과학의 발전과 연구 결과로 '남자의 뇌와 여자의 뇌' 사이에는 차이가 있다는 것이 밝혀졌다. 남자가 여자보다 수명이 짧고 화를 벌컥벌컥 잘 내는 이유는 바로 뇌의 차이 때문이다. 즉, 뇌의 시상하부는 성적 행동, 체온, 감정 등 사람의 본능에 관여하는데, 남자 시상하부의 크기가 여자보다 2.5배 커서 남자들이 성폭행이나 추행에 연루되는 일도 많고, 기분이 나쁘면 난폭한 행동을 하기도 하며, 여성보다 스트레스도 더 많이 받는다는 것이다. 특히 남자와 여자 뇌의 큰 차이는 공포와 불안, 성행동 등을 결정짓는 '편도체amygdala'에 있다. 감정의 근원지인 편도체의 중심핵 부분이 여성의 경우 나이가 들수록 줄어드는 반면, 남성의 경우 거의 변화가 없다. 즉, 호르몬의 변화로 폐경기가 지난 여성들이 불안감을 적게 느끼고 겁이 없어지는 것은 편도체 중심핵의 크기 변화라는 추론을 할 수 있게 된 것이다.

　나 자신부터 나이가 들고 나니 목소리도 20대보다 더 굵어지고 겁이 없어진 이유가 바로 뇌의 변화, 호르몬의 변화 때문이라고 할 수 있다.

　유아교육 현장의 교사들은 남자아이들보다 여자아이들이 공감 능력이 있고, 관계 지향적이고, 규칙이나 지시에 잘 따르기 때문에 지도가 수월하다고 느낀다. 한편 아들, 딸 양성을 모두 양육하고 있는 어머니들 역시 아들 키우기가 너무 힘들다고 말하지만, 딸아이를 키우는 사람들은 그런 말을 하지는 않는다. 오히려 주변의 사람들이 딸 키울 맛이 난다고 하기도 하고, 딸아이 키우는 것을 좋아한다. 심지어 아들을 첫아이로 두고 있는 부모님 중 둘째를 보고 싶어도 혹시 또 아들을 낳을까 봐 겁이 나서 둘째를 가질 계획이 없다고 한다. 한 세대 이전 남아 선호를 불식시키기 위해 만들어진 '잘 키운 딸 하나 열 아들 안 부럽다'라는 표어가 무색할 정도로 딸을 선호하는 21세기에서의 남아와 여아가 그린 그림에는 차이점이 많다. 어린 시절의 여자아이는 남자아이들에 비해 섬세하면서 관계 지향적이고, 색채가 다채로워서 얼핏 보기에 잘 그리는 것으로 보인다. 이런 여아들의 그림이나 작업들과 비교당하는 많은 남아들은 열등감을 갖게 되니, 남아 전용 미술학원이 생겨나게 된 것이다. 과거에는 여성 전용이라는 말이 많았는데, 최근에는 남성 전용이 생겨나기 시작했다. 그러나 분명한 것은 남자와 여자 사이에는 확실히 차이가 있다는 것이다. 대부분의 사회가 남성에게 도구적 특질을, 여성에게 표현적 특질을 촉진한다는 사실에서 남아와 여아에 대한 기대는 문화에 따라 상당한 차이를 인정하기 때문이다. 타히티에서는 남성과 여성 간 구분이 거의 없고, 여아와 남아 이름을 지을 때 중성적 이름을 사용하는데, 뉴기니에서는 부족에 따라 남녀의 성 차이가 전혀 다르게 나타나는 경우도 있다. 즉, 어느 부족은 남성과 여성 모두 협동적이고, 타인의 욕구에 민감하라는 가르침을 주지만, 다른 부족은 남성과 여성 모두에게 공격적이고 남성적 행동 패턴을 가르치기도 한다. 한편, 다른 부족에서는 남성은 수동적이고, 정서적으로 의존적이고 사회적으로 민감하도록 가르치지만, 여성은 지배적이고, 독립적이고 주장적으로 양육하기도 한다. 이렇게 남성과 여성의 행동의 차이는 사회적 힘, 즉 문화라는 견해가 있는 것이다. 최근 뇌과학과 의학의 발

46

전에 따라 생물학자, 진화론자, 문화론자, 뇌과학자 그 어느 이론적 입장이든 남자와 여자는 서로가 많이 다르다는 것을 말하고 있다. 심지어 시대상을 반영하는 대중가요 중에도 1989년에 발표한 가수 주현미의 〈여자는 꽃이 아니야〉라는 노래가 있다.

여자의 마음은 꽃잎이더냐
바람 불면 흔들리는 꽃잎이더냐
여자의 사랑은 낙엽이더냐
비에 젖어 떨어지는 낙엽이더냐
아무도 오지 않는 냇가에 꽃은 피었네
누구나 찾아와서 꽃을 꺾으면 주인이더냐
아아아아아 아아아아아아
여자는 꽃이 아니야…. (중략)

이렇게 '여자는 꽃을 꺾는 누군가의 것이 아님'을 노래한 것은 시대적으로 우연이 아닌 것 같다는 생각이 든다. 이제 어떤 여자도 아이를 낳고 키우는 꽃으로만 살 수는 없다. 다행스럽게도 21세기는 양성성의 시대, 즉 자신의 내면에 남성성과 여성성을 동시에 가질 수 있어도 되는 시대가 되었다. 다시 말하면 남성성과 여성성을 다 가진 양성적인 사람이 성 고정 관념이나 성 유형화된 사람보다 자존감, 자아실현, 성취동기, 결혼 만족도가 높을 뿐 아니라 도덕성 발달과 자아 발달도 높은 수준으로 발달할 수 있고 정신적으로도 더 건강하다고 하니, 나이 들어가면서 남성성을 가지게 되는 여성은 더 자신 있게 살게 되는 것이다. 한편, 중년 이후의 남자들도 야심이 있고 결단력이 있으며 대범하다는 남성성을 갖추기보다는 친절하며 부드럽고 따뜻한 여성성을 갖게 될 때 남성들의 노후는 더 멋질 것이라는 생각을 한다. 여자들은 폐경기 이후에는 여성호르몬도 거의 줄어 중성에 가깝고, 남자들은 시상하부의 크기가 줄어 대범함이 없어졌으니, 남자와 여자로 살기보다 인간 대 인간으로 조화롭게 사는 것이 가능해지기 때문이다.

바로 얼마 전 코로나로 외부 모임이 어려워져 지인의 집에서 모임을 갖게 되었다. 90세 되신 시아버님을 모시고 있는 그 지인을 비롯해 29세의 아들, 그날 저녁 시간을 모두 봉사시간으로 내어 준 25세의 딸, 그리고 방문객을 위해 꽃다발을 준비해 온 환갑이 다된 지인의 남편을 보며 '행복이 가득한 집'이라는 생각이 들었다. 더 놀라운 것은 남편의 아이디어와 인테리어 감각으로 거실 한쪽에 아내의 성인 '홍'을 따서 '홍 미니바'를 만들어 가끔 퇴근하고 저녁 늦게 와인도 한 잔씩 함께 즐기고 있다는 점이었다. 나도 집안에 '수니 북카페'를 만들고 싶어졌는데, 그것보다 더 배울 점은 부부가 서로 협동하는 모습이었다.

두 남녀가 결혼하여 가정을 이루고 살면서 행복하기 위해서는 서로에게 관심을 갖고 자기만의 생각을 고집하지 않으면서 차이를 인정해 주는 것이 필요하다. 마치 피아노 건반이나 기타 줄도 각기 서로 다른 소리를 내면서도 멋진 화음을 이룰 수 있는 것처럼, 부부도 살아가면서 서로 다르지만 멋진 하모니를 이룰 수 있어야 하는데, 바로 이 부부가 하모니 부부의 모델이었다. 사실 서로 다른 두 사람이 만나 평균수명도 길어진 이 시대에 하나의 마음으로 100세가 다 되도록 사는 것은 쉬운 일이 아니다. 부부갈등과 불화의 원인은 다양하지만, 그중에 첫째는 부부 관계를 잘못 알고 있다는 점이다. 부부를 흔히 일심동체라고 하지만 분명히 이심이체이므로, 서로 다른 것을 인정하고 이해하며 살아가되, 조화를 이루어 가며 사는 것이 필요하다.

미국 빌보드 차트 1위에 오르고, 전 세계에 어마어마한 팬덤, 아미를 자랑하고 있는 방탄소년단은 2021년에 대한민국을 넘어 세계를 향해 〈LOVE YOURSELF〉, 〈LOVE MYSELF〉를 노래했다. 그렇다. 남자, 여자가 아니라 자기 자신을 사랑해야 한다. 이제 남자와 여자의 차이를 인정하고, 이렇게 차이가 있는 두 성이 어떻게 조화롭게 살아가야 하는지를 배우는 일이 정말 중요한 시대가 되었다. 이제 정말로 젊은이들, 특히 여성들이 꽃으로만 사는 것이 아니라 한 인간으로 자기 자신을 사랑할 뿐 아니라 사랑의 대상을 찾고 표현하는 주체적인 여성이 많아지는 세상이 반갑다. 이처럼 21세기는 여성이 누군가의 눈에 띌 정도로 예뻐서 꺾이는 수동적인 꽃이 아니라 남자도, 여자도 아닌 한 인간으로 자기 자신을 사랑하며 살아가는 세상이 되었는데, 이는 여자만이 아니라 남자들에게도 너무나 다행한 일이라 할 수 있겠다.

　사는 것이 예술이다

사과할까요? 고백할까요?

언젠가 10살 된 손녀가 "할머니, 요즘 수요일과 목요일 밤에 〈태양의 후예〉라는 드라마가 방영되고 있거든요. 꼭 보세요. 내가 그 드라마 주인공을 정말 좋아하거든요. 너무 멋있어요!", "그래, 알았어!"라고 대답해 놓고 드라마를 보기 시작했는데, 시청률이 높은 이유를 알게 되었다.

그 드라마는 낯선 땅, 극한의 환경 속에서 사랑과 성공을 꿈꾸는 젊은 군인과 의사들의 이야기다. 특히 국가관이 뚜렷하고 아이와 노인, 그리고 미인은 목숨을 바쳐 지켜야 한다는 소명을 가진 한 군인과 유능하고 당찬 여의사를 통해 삶의 의미나 가치 그리고 진정한 사랑을 보여주고 있어 많은 사람들의 관심과 사랑을 받고 있었다. 그런데 극 중에서 남자 주인공이 여주인공에게 기습적으로 입맞춤을 하고는 "사과할까요?, 고백할까요?"라고 말하는 것을 듣는 순간, 깜짝 놀랐다. 이제까지 어떤 영화나 드라마에서도 남자 주인공이 상대방 여주인공에게 사랑스럽고, 마음이 끌려 자연스럽게 입맞춤을 하더라도 그녀에게 "사과할까요?, 고백할까요?"라고 묻는 경우를 보지 못했기 때문이다.

그런데 주인공이 그렇게 물은 이유는 무엇일까? 첫째, 당신이 나를 사랑하지도 않았는데 내 마음대로 입맞춤했다면 잘못이니 사과해야 한다는 것이거나 둘째, 만일 당신도 나를 좋아하는 마음, 즉 당신도 나와 같은 마음이라면 이제 나는 당신에게 사랑하는 내 마음을 고백해도 되는지를 물어야 한다는 점을 알려주는 것 같았다. 이제까지 많은 연인들의 첫 키스는 남자가 여자의 의향을 묻기보다는 남자의 욕구에 의해 강압적으로 이루어지는 경우가 많았다. 그런데 남자가 제 감정대로 입맞춤을 하고는 "사과할까요?, 고백할까요?"라고 상대방 여자에게 묻는다는 것은 보편적 화법은 아니지만, 21세기 일과 사랑에 남자와 여자가 평등한 시대에는 존중과 배려를 전제로 공감하고 소통하겠다는 의지를 보여주는 사랑하는 사람에 대한 대화의 형식으로 보여진다. 언젠가 〈당신은 사랑받기 위해 태어난 사람〉이라는 노

사는 것이 예술이다

래가 유행한 적이 있었는데, 나는 "당신은 사랑받기 위해 태어난 사람"이라는 말이 아주 싫었다. 사랑은 주고받는 것인데, 받는 사랑은 사랑하는 사람과 사랑받는 사람 모두 행복하기 어렵다. 받으려고 하는 사랑은 상대방이 주지 않으면 비참해진다. 물론 그 반대로 주기만 하는 사랑 역시 신이 아니라 인간이 하는 사랑으로는 언젠가 비극이 된다. 왜냐하면 상대방이 받기를 거부하는 순간, 그것은 그에게 부담이 되기 때문이다.

모든 사랑의 시작은 존중과 배려여야 하고, 그 방법은 공감과 소통이어야 한다. 1970년대 핸드폰도 없고, 심지어 집에 전화도 많지 않았던 시절에는 한 번 약속하면 그 약속 변경이 어려웠다. 바로 그 시절, 아주 절친하게 지내던 후배가 덕수궁 정문 앞에서 남자 친구를 만나기로 했다. 그 남자는 후배를 아주 좋아했지만, 그 후배는 그 남자가 좋은 사람이라고 생각하기는 했어도 결혼은 생각조차 하지 않고 있었다. 그래도 대학졸업 후 서로 알아가는 과정이라서 가끔 영화도 보고 차도 마시는 사이로 잘 지내고 있었다. 후배는 7월 어느 토요일 오후 1시에 덕수궁 정문 앞에서 그 남자 친구를 만나기로 했는데, 그날 회사에 급한 일이 생겨 만나기로 한 장소에 나갈 수가 없었다. 그녀는 그 남자의 집에 혹시 연락이 오면 "회사 일로 못 간다."고 이야기 좀 해 달라고 말해 놓고 업무가 끝나서 퇴근했다. 혹시 몰라서 퇴근하는 길에 그 남자의 집에 연락을 해본 결과, 그 남자에게 연락이 안 된 것을 알게 되었는데, 시간은 오후 5시가 넘었고 비도 주룩주룩 내리고 있었다. 그 후배는 혹시나 하고 덕수궁 앞으로 가 보았더니, 그 남자가 그 시간까지 우산도 안 쓴 채 그녀를 기다리고 서 있는 것을 볼 수 있었다. 만나기로 한 사람이 안 나오면 무슨 일이 생겼는지 연락을 취해 보거나, 집이나 회사로 찾아오든지 해야 하는데, 전화도 안 해보고 1시에 한 약속을 오후 5시가 넘도록 빗속에서 우산도 없이 맹목적으로 기다리는 것이 진정한 사랑이었을까?

　그런데 그날 이후 그 남자의 맹목적이고 온 몸을 던지는 사랑은 그 후배의 가슴에 감동을 주어 만남은 급물살을 타게 되었다. 그 후배는 남자친구에게 기다리게 한 것이 미안하기도 하고, 자신을 그토록 사랑해 주는 그 사람이 너무 고마워서, 그리고 자신을 그렇게 사랑해 주는 그 사람을 안 만나주면 자신이 불행해질 것 같아서 등 다양한 이유로 결혼을 하게 되었다. 이러한 결혼이 동화책의 마지막처럼 "그 뒤로 두 사람은 오래오래 행복하게 살았습니다."라고 했으면 좋으련만 7년 뒤 이혼했다. 그 남자의 사랑은 사랑이 아니라 사랑을 가장한 집착이었다. "내가 너를 얼마나 사랑하는지 알아? 난 너 없으면 죽을 거야!"라는 식의 사랑 고백은 고백이 아니라 협박이다. 심지어 자신의 고백을

　　　　　　　　　　사는 것이 예술이다

받아주지 않았다고, 또는 "내가 널 얼마나 사랑하는데 사랑을 받아주지 않는 거냐?" 하면서 상대방을 괴롭히다 못해 연인의 집에 불을 지르거나 그녀의 부모에게 협박하는 행위는 질병이라고 보아도 된다.

진정한 사랑은 상대방을 존중하는 것에서 출발해야 한다. 한 사람에 대한 존중은 그 사람이 가진 현재의 것이 아니라 과거와 미래도 함께 고려하는 것으로, 가치관과 인생관이 맞아야 할 수 있다. 그리고 내가 누군가를 만난다는 것 또는 누군가를 사랑한다는 것은 그 사람의 과거를 보듬을 수 있고, 지금 이 순간을 기꺼이 함께할 수 있으며, 그의 가능성과 잠재력이 펼쳐지는 미래를 지켜줄 수 있는 마음을 갖고 있어야 한다. 그러므로 내가 너를 사랑하는 것을 고마워해야 하는 것이 아니라 내가 당신을 사랑해도 되는지? 그래서 당신에게 입맞춤하는 일이 사과해야 하는 일인지? 고백해야 하는 일인지? 물어봐야 하는 것이 맞는 것이다.

그러나 난 아직도 누군가를 만나고 이야기하면서 자연스럽게 생기는 '그냥' 좋은 감정, '그냥' 몸이 설레고 가슴이 설레는 사랑에 박수를 보낸다. 이제 열 살 된 손녀에게 "왜 그 주인공을 좋아해?"라고 물어봤을 때 "그 사람의 표정, 미소, 말하는 것 모두 다 그냥 좋아요."라고 말하는 손녀의 행복한 표정과 즐거운 말투는 정말 누군가를 처음 사랑하기 시작한 그 모습이었다. 나는 손녀에게 "그래, 사랑이란 처음에는 '그냥' 좋아서 시작하는 거야, 그런데 그 사랑이 상대방을 힘들게 하거나 부담이 되어서는 안 되는 거란다. '그냥' 좋아 하는 그 마음이 너에겐 행복이 되더라도 상대방의 마음을 잘 모를 땐 '사랑해도 되는지' 물어봐야 한단다." 나는 손녀를 향해 소리 내어 말하지는 않았지만, 눈빛으로 이야기하며 웃어주었다.

사는 것이 예술이다

그 여자 그 남자

얼마 전 서른네 살의 여성이 인생 상담을 하겠다며 나를 만나러 왔다. 이유는 그녀가 지금 같이 살고 있는 남자와의 결혼생활을 끝내야 할지 말지를 의논하고 싶어서였다. 그녀는 이제 막 레지던트 과정을 끝마친 소아과 전문의이고, 남자는 유학까지 다녀온 MBA 출신의 전도양양한 회사원으로 이제 막 40세가 넘었다. 그녀와 남자가 만난 것은 7년 전이었다. 남자는 그녀의 야망과 귀여운 외모에 반했고, 그녀는 남자의 다정함과 생활력에 이끌려 결혼까지 했다. 남자는 외아들이었음에도 그녀가 전문의가 될 때까지 아기를 갖지 않고 기다리며 공부 뒷바라지를 했다. 그녀는 자신의 공부를 위해 학교 앞 오피스텔에 살면서 주말부부로 지냈고, 전문의가 되어 종합병원에 취업하고 나서 이제 남자와의 결혼생활을 끝내고 싶다는 것이었다.

뇌과학 연구자들은 그 남자와 그 여자의 차이를 뇌의 차이라고 설명한다. 그래서 남자와 여자는 서로가 많이 다름을 인정하고 어떻게 조화롭게 살아가야 하는지를 배우는 일이 필요하다고 주장한다. 일반적으로 여성의 뇌는 공감 능력이 뛰어난 반면, 체계화 능력은 떨어진다고 하지만, 남자보다 더 체계화를 잘하는 여자도 있다. 이런 여자는 남성적인 뇌, 체계화형 뇌를 가진 사람들로, 특히 수학이나 과학 쪽에 관심을 많이 가지고 있다고 한다. 이처럼 남자 또는 여자라고 해서 100% 남성적인 뇌를 가지거나 여성적인 뇌를 갖는 건 아니다.

최근 성차를 연구하는 학자들에 의하면, 극소수의 사람들은 남성과 여성 양 뇌의 특징이 공존하는 것으로 나타났다. 더 놀라운 것은 전체 인구 중 17%가 반대 성의 뇌를 가졌다는 것이다. 그런데 바로 그 여자와 그 남자의 경우가 그런 경우로 보인다. 그 여자는 다른 사람처럼 결혼해서 아이를 낳고 시댁과 어울려 사는 것이 왜 겁이 날까? 바로 여성의 경우 갖게 되는 공감형 뇌를 갖지 않은 이유도 있지만, 인생의 목표가 서로 다르다는 생각이 들었다. 그 여자와 그 남자는 인생의 목표와 방향이 아주 다르다. 같이 살면서 바라보는 방향이 너무 다른 것은 사사건건 문제를 일으킬 소지가 크다.

　나는 이혼이나 결혼 관련 상담을 할 때 그 여자 또는 그 남자의 삶의 목표나 욕구 검사를 비교해 주는 것으로 이야기를 시작한다. 주로 윌리엄 글래서_{William Glasser}의 인간의 기본적 욕구_{Needs} 검사를 하는데, 그 남자와 그 여자에게도 이 검사를 해보니 놀랍게도 그 여자에게 가장 높은 욕구는 자유와 성취 욕구였다. 그러니 결혼생활에 구속되기 싫어 아이도 낳고 싶지 않을 것이고, 성취욕구가 높아 전문의로서 인정받는 의사가 되고 싶은 야망이 큰 것이다. 한편, 그 남자는 사랑과 소속의 욕구가 가장 높았고, 그다음으로 생존의 욕구가 높아 자신의 가정, 아내가 있는 울타리를 튼튼하게 하기 위해 그동안 많이 노력하고 있었다는 것을 알 수 있었다. 그 남자는 아직까지도 그 여자를 사랑하며, 아이도 낳고 홀로 계신 어머니와 잘 살고 싶어 한다. 그런데 결혼해서 7년 동안 자유롭고 싶은 그 여자의 욕구와 전문의로 성공하고 싶은 욕구를 충족시키다 보니 그 남자로부터 너무 멀리 떠나와 버린 것이다.

　나는 그 남자에게 해줄 수 있는 말은 당신은 이제 41세이다. 앞으로 평균수명인 80세 중반까지 산다고 해도 인생의 반 정도

밖에 안 살았는데 20년 뒤, 또는 30년 뒤 어떤 모습으로 아내와 함께 살고 있을지 그림을 그려보라고 했다. 물론 그 여자에게도 자신을 사랑해 준 그 남자가 어떻게 자기에게 헌신하고 기다려 왔는지, 그리고 그 남자가 원하는 인생의 그림을 한 번 떠올려 보고 30년 뒤 두 사람은 어떤 모습으로 살아가고 있을지를 그려 보라고 했다. 그림을 못 그리면 말로 그려보라고 했다.

그 여자는 자기 남편인 그 남자는 정말 좋은 사람이지만, 자신이 좋은 엄마와 며느리 역할을 하는 그림이 잘 안 그려진다고 했다. 그래서 나는 그 여자와 그 남자에게 조금 시간을 갖고 생각해 보라고 권하면서 그 여자 한 번, 그 남자 한 번, 그 여자와 그 남자를 동시에 한 번 더 만나고 난 후에 두 사람이 시간을 충분히 가지고 대화하라고 했다. 그리고 6개월이 지난 뒤 그 여자로부터 나에게 메일이 도착했다. 그 남자가 그 여자에게 "이제 네가 원하는 세상에서 잘 살기 바란다. 네가 원하는 대로 이혼하자."라는 연락이 왔다고 했다. 그 남자와 그 여자의 이혼 이유는 단지 삶에 대한 욕구가 달라서 헤어지는 것이었다. 물론 내가 마지막으로 해준 이야기는 "진심으로 사랑한다면 언젠가 다시 만나는 일도 있으니, 서로 상대방을 비난하거나 아프게 하는 말은 하지 말라."고 당부했다. 그 뒤 그 남자와 그 여자는 연락이 끊어졌다.

나는 그 뒤 "우리 결혼해도 될까요? 또는 이혼해야 할까요?"라고 묻는 사람들에게 우리를 살아가게 하는 강력한 힘, 즉 기본적 욕구Basic Needs를 알아보는 것이 필요하다고 말하고 있다. 만일 안 되면 그 여자, 그 남자로 돌아가는 것도 나쁘지 않은 선택이다. 사실 남자와 여자는 성이 다르고, 성장 환경도 다르기 때문에 오랜 세월 함께 살아가는 일은 결코 쉽지 않다. 부부 갈등과 불화의 원인은 다양하지만, 부부는 일심동체여야 한다는 것은 착각이다. 부부는 분명히 이심이체이므로 그 여자, 그 남자로 친구처럼 사는 것도 좋다. 미래학자들은 앞으로 친구와 가족을 이루거나, 같이 지내는 경우가 많아질 것이라고 하는데, 오히려 권장할 만하다는 생각이 든다.

영국의 진화생물학자 로빈 던바는 인간의 두뇌 용량을 감안할 때 가장 친한 친구는 5명, 좋은 친구는 15명이 적절하다고 하는데, 주변에 마음을 터놓을 수 있는 친구 2~3명만 있어도 은퇴 후 삶은 충분히 행복해질 수 있다. 서로 다른 것을 인정하고 이해하며 살아가야 한다. 나는 결혼 초에 잠든 남편을 바라보며 이 세상에서 이 남자와 정말 열심히 살다가 죽을 때 "나는 당신을 만나서 참으로 행복했습니다."라고 말할 수 있기를 소망했다.

이제 같이 산 지도 50년이 다 되어 인생의 황혼에 이르니, 끝내는 다시 못 올 길을 언젠가는 혼자 떠나는 날이 분명히 올 것이라는 생각이 들면서 인생의 황혼에 같이 사는 사람을 이겨서 무엇하겠나? 서로 합의하든가, 아니면 체념하고 살아가는 방법을 찾는 것이 그 여자, 그 남자가 행복하게 살아갈 수 있는 길이라는 생각이 든다.

사는 것이 예술이다

마음과 행동의 근원

오늘은 연락을 자주 안 하던 제자 두 사람과 전화 연결이 되었는데, 만난 지 족히 10년은 되지 않았나 싶다. 정말 반가운 마음에 내가 너무 말을 많이 했나 싶기도 했지만, 제자들로서는 내가 반가워하니 더 좋았을 것 같아 마음은 오히려 가벼웠다. 놀라운 것은 두 사람 다 결혼을 앞에 두고 있다는 것이었다. 요즘은 아이 낳기도 포기하고, 심지어 결혼도 안 하겠다고 하는 젊은이도 많다는데 진심으로 축하할 일이었다. 이 힘든 세상에 내 편을 하나 둔다는 것은 마음 든든한 일이다. 물론 내 편이 남의 편처럼 느껴질 때도 있지만, 내가 공들인 만큼 내 편 노릇을 할 것이므로 자기 할 나름이다. 두 사람 다 아주 행복한 목소리였다. 나는 여자 중·고등학교, 여자 대학교, 여고 교사, 여자가 99%인 유아교육과 교수로 거의 한 평생을 살았다. 그러면서 제자들이 결혼하고, 아이 낳고, 사랑했던 남자와 살아가는 일에 어려움이 있을 때마다 대화 상대나 의논 상대가 되어 주는 일이 많았는데, 그때마다 느끼는 것은 상대방이 어떤 가정에서, 누구에게, 어떻게 양육되었느냐가 중요하다는 사실이었다.

나는 발달심리학, 교육심리학을 전공하고 상담과 심리치료를 공부하면서 《몸에 밴 어린 시절》이라는 책을 아주 인상 깊게 접했던 기억이 난다. 저자인 미국 정신신경의학회 전문의, W. 휴미실다인은 존스 홉킨스 병원에서 환자들을 진료하면서 깨닫게 된 것은 문제들 중 많은 것들이 자신의 어린 시절을 이해하지 못하고 대처하지 못한 데에서 비롯되었다고 말한다. 특히 현실에서 문제가 되는 정서 장애의 대부분은 부모의 잘못된 양육 방식, 즉 강압, 과보호, 징벌, 성적 거부, 방임 같은 행동은 성장한 후는 물론 그 자신의 자녀에게까지 대물림된다고 한다. 그러므로 우리의 어린 시절은 옛날, 아득히 먼 곳에 있는 것이 아니라 한 개인의 몸과 뇌에 깊숙하게 자리 잡아 자신이 하는 일과 생각하고 느끼는 현재의 모든 것에 영향을 주고 있다고 한다. 즉, 성인들의 내면에 어린 시절의 나, 즉 내면 아이가 살고 있다는 것이

사는 것이 예술이다

다. 그래서 자신의 무의식 속에 담겨있는 그 무엇에 휘둘리지 말고 보다 능동적으로 무의식마저 보듬어 주어야 한다는 것이다.

내가 오래전 상담한 사례의 하나는 폭력적인 아버지 슬하에 자랐던 한 남자의 이야기이다. 그는 결혼 전에 그의 아내가 될 사람에게 폭력적인 아버지가 너무 싫었다며 자신은 절대로 아내나 아이들을 폭행하는 일은 없을 것이라고 맹세했었다고 한다. 그러나 회사 일이 많이 힘들어 어느 날 술을 한잔 먹고 집에 들어왔는데, 우는 아이들을 보고 자기도 모르게 손이 올라가고 발에 힘이 가해지는 것을 느끼면서 내 속에 '아버지가 살아 계시는구나!'라는 생각이 드니 돌아가신 아버지가 더 미웠다고 한다. 이 남편을 위한 상담의 마지막은 자신 속에 살아있는 내면의 아이를 보듬는 일이었는데, 이미 이 남자는 자신의 무의식이 무엇인지 알려는 노력과 의지가 있었기에 3개월 후 상담은 종료되었다. 그러나 몸에 밴 어린 시절은 삶의 고비 고비에서 또다시 고개를 들이밀 수도 있겠지만, 나의 제자인 그의 아내와 함께 충분히 극복할 수 있을 것이고, 지금은 더없이 행복하게 지내리라는 생각이 든다.

결혼을 앞둔 사람들에게 중요한 것은 함께 만들어 갈 미래나, 정말 좋아서 얼굴의 흠집마저 보조개로 보이는 현재도 중요하다. 그러나 상대방의 몸과 뇌에 배인 부모의 양육방식과 자신이 먹고 입고 생활한 것, 공부하고 생각한 것이 미래에도 영향을 줄 것이므로, 긴 인생을 살아가려면 몸에 밴 어린 시절을 서로 보듬고 가야 할 필요가 있다. 그러므로 인간의 생각이나 행동은 몸에 밴 어린 시절만이 아니라 생물학적 요소, 즉 유전자나 뇌과학적 기제에 따라서도 인간의 행동이 지배받고 있는 것이 분명하다. 인디애나 의과대학 교수인 빌 설리번은 자신의 저서 《나를 나답게 만드는 것들》에서 인간의 생각이나 행동에 관여하는 요인을 유전학, 미생물학, 심리학, 신경학의 렌즈로 접근하며 이제까지 연구된 수많은 연구의 결과들을 요약하여 소개하고 있는데, 그의 견해는 우리 사회에 회자되는 속담 중에 "씨도둑은 못 한다."는 말이 있듯이, 어쩌면 그렇게 '엄마, 아빠를 많이 닮았지?'라는 생각이 들 만큼 유전적으로 제 부모와 매우 유사한 경우도 많다고 하는데, 나도 동의하게 된다.

나에게는 딸 둘과 아들 하나가 있는데, 이들이 결혼하여 아이들을 낳고 키우고 있으므로 손자녀가 모두 여섯이다. 올해 초등학교에 입학한 손녀가 하루는 우리 집을 방문하였는데, 사람들이 이야기할 때 늘 말없이 듣기만 하는 표정도 없고 조용한 아

사 는 것 이 예 술 이 다

이다. 나는 손녀가 조용하고 말이 없는 것은 유전, 즉 말이 없는 엄마를 닮아서, 유전적으로 말이 없어서 그런 것이라 생각했었다. 그런데 놀랍게도 오늘 만난 손녀의 표정이 아주 밝아서 "너는 초등학교에 가니까 어떤 점이 좋아?"라고 물었다. 손녀는 얼굴 한가득 미소를 지으며 "한국어로 말해서 좋아요."라고 답하는 것이었다. 나는 처음으로 그동안 손녀가 말이 적은 이유가 언어환경이 모국어인 우리 말보다 영어를 사용하는 영어유치원 환경에서는 말할 때마다 적합한 단어를 생각해야 하니, 표정도 심각하고 말이 없게 만든 것은 아닌가? 하는 의심을 처음으로 하게 되었다. 손녀는 유치원 과정 중에 이미 많은 사람이 있는 무대에서 바이올린 독주를 하여 우수한 성적으로 입상도 해 봤고, 동요대회에 나가 노래도 곧잘 부르는 재원이었지만, 영어로 생각하고 말하기에는 말이 많고 빠른 아이들 속에서 말할 기회를 놓쳤던 것은 아닌가 싶어 안타까웠다. 물론 이제 여덟 살이어서 앞으로 즐거운 생활이 계속될 테니 염려는 하지 않는다. 그러나 우리의 생각과 행동의 근원은 그 재료가 되는 유전학, 미생물학, 심리학, 신경학, 그리고 그를 둘러싸고 있는 환경과 몸에 밴 어린 시절 등 모두 무시할 수 없다. 다시 한번 열 길 물속은 알아도 한 길 사람의 마음과 행동의 근원은 알기 어려운 것이라는 사실을 알게 되었다.

사랑의 유효기간

미국 코넬대 인간행동연구소의 신시아 하잔 교수 팀은 사랑도 신경전달 호르몬과 관련이 있다는 연구 결과를 발표했다. 하잔 교수팀은 미국인 5,000명을 대상으로 인터뷰한 결과, 사랑의 유효기간은 평균 18개월에서 30개월이라고 했다. 그 이유는 사랑의 감정을 전달하고 자신의 몸을 평소와 다른 상태로 만드는 '도파민'이라는 신경전달물질은 시간이 흐르면서 몸에 항체가 생겨 사라지기 때문에 사랑도 끝난다는 것이다. 놀라운 것은 신경전달물질로 인한 900일간의 사랑의 유효기간으로, 전쟁 같은 사랑이 그냥 끝나는 것이 아니라 사랑했던 감정과 추억 그리고 노력으로 사랑은 완성될 뿐 아니라 봄날 같은 사랑은 지나가더라도 사랑의 추억은 평생 지속할 수 있어서 다행이다. 마치 봄날은 가더라도 날이 흐린 날은 흐려서, 눈이 오는 날은 눈이 와서, 바람이 불면 낙엽이 바람에 날리는 것 모두 다 좋을 수 있다. 사실 어떤 의미에서는 도파민이 주는 쾌락으로 가슴이 뛰지 않고, 눈이 반짝 빛나지 않아도 세로토닌이 주는 편안하고 행복한 그런 사랑을 바라는 것은 나이 탓일까? 그러고 보니 인간의 몸은 신경전달물질의 놀이터가 아닐까? 하는 의구심이 드는 한편으로 나이 듦에 따라 신경전달물질들에 놀아나지 않을 수 있어 오히려 안정되고 편안할 수 있다는 마음이다.

나는 오늘도 저녁을 먹고 치우면서 젊을 때 '누가 더 많이 사랑하는지?'에 의문을 가진 적이 있었지만, '내가 건강해서 끝까지 이렇게 해줄 수 있다면 좋겠다.'라는 것과 함께 '노년에 참 다행多幸이다.'라는 생각이 들었다. '사랑한다'라는 말의 의미가 세월에 따라 다르니, '상대방을 죽일 수도 있고 살릴 수도 있는 사랑'을 너무 쉽게 "사랑해!"라고 말하는 젊은이들이 더욱더 사랑스럽다. 물론 자식이나 제자가 부모나 스승을 존경하고 따르는 마음도 사랑이다. 내가 대학생이었을 때 일주일에 한 번 중강당에서 예배를 보는 일이 있었다. 그런데 지금도 귀에 남아 있는 목사님의 말씀은 "사랑은 오래 참고 사랑은 온유하며 투기하는 자가 되지 아니하며 자랑하지 아니하며 교만하지 아니하며 무례히 행치 아니하며 자기의 유익을 구치 아니하며 성내지 아니하며 악한 것을 생각지 않는다."는 말이다. 이런 사랑은 인간이 하기에 너무 어려운 일이다. 그 당시 나에게는 교제 중인 남자 친구가 있었는데, 그의 행동이나 말이 마음에 들지 않으면 이 이야기를 기억해 냈다. 바로 "모든 것을 참고 믿고 견뎌야 한다."라는 말이다. 이 말은 나의 젊은 날을 보내는 데 많은 도움이 되었다. 실제로 젊은 날의 사랑은 아름답거나 좋은 것만은 아니다. 사랑이 이루어진 하나의 징표는 결혼이라고 하는데, 결혼은 사랑의 무덤이라고도 하지만 나는 결혼 초에 '이렇게 좋은데 결혼을 왜 무덤이라고 할까?'라는 의구심도 들었다. 물론 이렇게 시작된 결혼은 그래도 행운이다. 대부분의 사람들은 이처럼 설레고 들떠서, 상황 판단이 흐려져 내 것을 다 내어 주고도 더 주고 싶은 사랑으로 시작해서 결혼으로 마무리한다. 그런데 처음 그 사랑하는 마음이 계속되었다면 아마 다른 일은 할 수 없을 것이다. 결혼하면 이제까지 해왔던 사랑의 방식만이 아니라 모든 상황이 변해가면서 또 다른 사랑이 온다. 부모님에 대한 사랑, 자식에 대한 사랑, 자신의 일에 대한 사랑, 다른 취미나 지식에 대한 사랑 등 다양한 곳에 자신의 마음과 에너지를 쏟게 되는 것은 자연스러운 현상이다. 나는 자식을 유학 보내 놓고는 그 어머니가 아들의 방 네 귀퉁이를 기어다니면서 소리 내어 우는 것을 본 적도 있고, 물에 빠진 여자를 구하겠다고 겁도 없이 물에 뛰어들어 죽을 뻔했지만, 다행히 여자를 구해 내고서는 얼마 뒤 헤어지는 연인들도 보았다. 그런데 사랑이 떠난 후, 그 당시는 떠난 사랑 때문에 죽을 것 같았어도 죽는 사람은 별로 없었다는 것이다. 놀랍게도 하나의 사랑이 떠나면 그 자리엔 형체나 색깔, 향기가 비슷하거나, 아니면 전혀 다른 또 다른 사랑이 오게 된다. 그 사람만 생각하면 가슴이 뛰고 몸이 설레는 사랑, 그리고 내가 그를 더 사랑하는지 혹시 그가 나를 덜 사랑하는지 서로를 볶아대던 뙤약볕처럼 뜨거운 사랑도 시간이 흐르면 변해가고 또 변해야 한다.

사랑의 기술

이 나이 되도록 살아 보니 결국 나의 삶의 목표나 목적지는 한 곳, '죽음'으로 귀결된다는 사실을 깨닫고 나서 오히려 담담하게 매 순간을 잘 살 수 있게 되었다. 결국 '나의 삶의 목표는 잘 죽기 위한 것'이다. 요즘 전 세계가 코로나19로 뒤숭숭한 가운데 드디어 나도 이번 주 초에 AZ 백신을 맞았는데, 하루 정도 열이 나는 듯하더니 백신을 맞았다는 사실조차 잊어버릴 정도로 가볍게 넘어갔다.

코로나로 만나기도 어려운 여고 동창들의 단톡방에 올라오는 '생활 속 이야기들이 최고의 삶'이었다. 머나먼 독일에 살면서도 작은 텃밭에 들깨를 심어 자연식을 한다는 친구나, 지방 소도시에 살면서 상추를 심고 기르는 모습, 그리고 도로변에 만개한 야생화들과 더불어 자연을 즐기는 모습들을 단체 톡 방에 올려주는 친구를 보며 '최고의 인생은 따뜻한 햇살과 바람 그리고 작은 풀꽃 같은 생명을 기르고 가꾸며 사는 손길과 그 마음 풍경에 있다.'라는 생각이 들었다. 이처럼 나이가 들어 사는 삶의 방법 중 손을 많이 움직이며 하는 단순 작업과 두 다리만 멀쩡하다면 생각을 잠시 멈추고 마냥 걷기 운동을 하는 것이 삶의 질을 높인다는 어느 학자의 말이 떠올랐다.

그리고 보니 인생의 봄날, 꽃 피고 잎이 무성한 계절만 좋은 것이 아니라 가을 단풍이나 겨울 설경도 눈이 부시게 아름답다. 인생의 노년에는 서로 말하지 않아도, 눈에 보이지 않아도, 심지어 아무것도 하지 않아도 그저 평화로운 사랑이 오게 되는데, 그것 또한 아름다운 사랑의 모습이다.

이제 중년을 넘어 인생의 황혼에 알게 된 것은 고요하고 평화로운 사랑이 더 행복하다는 것이다. 물론 이것은 젊은 날 치열하게 사랑하며 살아온 삶이 주는 선물이다. 지금 떠나가는 사랑에 울고 있다면 실컷 울어도 된다. 시간이 흐르면 이것마저도 자신의 인생에 아름답고 풍요로운 마음의 풍경으로 남을 것이기 때문이다. '영혼을 위한 닭고기 수프' 시리즈의 작가 잭 캔필드는 "삶의 궁극적 목적은 즐거움"이라고 했다. 사람마다 즐거움의 조건이나 내용과 방법은 다르지만, 행복해지기를 원한다면 '누가 즐거워하면 함께 즐거워하고, 누군가가 우울해하면 그 곁에서 위로가 되어 줄 수 있는 사람, 풀 한 포기도 사랑의 눈으로 바라볼 수 있는 사람'이 되는 것을 목표로 삼아도 좋을 듯싶다.

우리는 흔히 '사랑은 주는 것'이라고 말하는데, 타인에게 무엇인가를 주려면 줄 만한 능력이 있어야 한다면서 사랑의 의미를 다시 생각하게 하는 유명한 고전이 바로 에리히 프롬의 《사랑의 기술The Art of Loving》이다. 여기서 '아트Art'는 예술이 아니라 기술이며, '사랑'도 명사인 love가 아니라 동사형인 loving이다. 즉, 사랑하는 것도 기술이 필요하다고 하지만, '사랑한다는 것은 예술'이라는 제목이 더 어울릴 것 같다. 젊은 남녀가 만나 첫 눈길을 주고받던 순간, 그저 바라보기만 해도 가슴이 뛰던 시절을 지나 손을 잡았는데 내 손인지, 상대방의 손인지 구분이 안 된다면 사람들은 사랑이 식은 것이라고 말한다. 그러나 사랑이 식은 것이 아니라 뇌와 몸이 안정되어 편안해지는 단계인 사랑이 익은 경지에 이른 것이다. 나도 아주 젊었을 때는 노부부가 공원 벤치에 말없이 그저 쏟아지는 햇빛을 받으며 앉아 있는 모습을 보며 '나는 저렇게 살지 말아야지.'라고 생각한 적도 있었다. 그런데 지금은 에스컬레이터나 지하철에서 좋아 죽겠다고 남의 시선도 아랑곳하지 않고 입맞춤하는 연인들을 보면 '참 피곤하겠다.'라는 생각이 드니, 이것이 세월인가 싶기는 하다. 그렇게 뜨거운 사랑보다 말없이 그저 앉아만 있어도 편안하고 행복할 수 있는 지금의 삶이 좋다. 이렇게 노년 부부들의 '나이들은 대로의 삶이 편안하고 좋다'는 것을 젊은이들은 알지 못한다. 한국보건사회연구원이 발표한 '한국인의 행복과 행복 요인' 보고서에 따르면, 우리나라 국민의 약 20%는 과거에도, 현재에도 불행하다고 느꼈고, 미래에도 나아지지 않을 거라고 느끼는 '행복 취약층'이 있다고 했는데, 이것은 문제가 된다.

평균수명의 연장으로 60세 정년퇴직 후에도 우리의 노후 생활은 40년 이상 지속될 것으로 예측된다. 일상생활에 꼭 필요한 수면, 식사, 가사 노동 등의 시간을 제외하더라도 직장 생활과 육아에서 벗어난 부부만의 시간은 엄청나게 길어진 것이다. 젊어서는 일하느라 부부간에 접촉할 시간이 적었지만, '은퇴 후 함께해야 할 많은 시간들을 어떻게 보낼 수 있을까?'의 문제는 우리 모두의 과제이다. 은퇴 이후 삶의 행복을 좌우하는 것은 '돈', '건강', '일', '여가', '관계'의 균형이라고 한다. 이 중에서 다른 것은 차치하고 우리나라 대부분의 은퇴자들은 젊은 시절 바쁘게 일하느라 취미나 여가를 즐기며 살지를 못했기 때문에, 은퇴 후 많아진 자유 시간이 부담이 되기도 할 것이다. 여가 활동은 은퇴자의 새로운 사회활동의 기반이 되기도 하지만, 대부분의 경우 그냥 보내는 시간이 되므로 제2, 제3의 일을 찾아 독립적으로 활동하는 시간을 가질 때 행복하게 지낼 수 있게 될 것이다.

　물론 아직도 철없는 노부부도 있다. 언젠가 조부모 대상의 강의를 끝내고 엘리베이터를 타고 내려오는데, 교육에 참석했던 부부와 함께하게 되었다. 나는 "오늘 강의 정말 좋았습니다."라는 할아버지의 말씀에 "어떤 이야기가 기억에 남으시나요?"라고, 물으니 "나이가 들면 남편을 더 보듬어 주라."는 말이 좋았다고 한다. 아무리 나이가 들어도 사람들은 모두 자신에게 필요한 말을 듣는 것이 분명하다. 많은 할아버지들은 "젊을 때 죽어라하고 밖에서 일하며 돈만 벌었는데, 은퇴하고 집에 오니 아내가 자신을 귀찮게 여긴다."고 푸념하기도 한다. 그러나 아내의 입장에서 보면 자식들 잘 키워 시집·장가 보내 놓고 이젠 살림에서 손떼나 했더니 남편이 퇴직하여 세 끼 식사를 염려해야 하고, 손주들을 돌봐주지 않으면 귀하게 키운 딸, 아들이 직장을 그만두어야 할 수도 있으니, 다시 살림이나 육아에 매이는 것이 좋을 리가 없다. 물론 떠오르는 해처럼 예쁜 손자녀를 돌보는 일은 정말 행복한 일이지만, 이처럼 황혼에 접어들면 남편은 남편대로, 아내는 아내대로 어려움이 있으니, 서로 보듬어 주는 것이 오늘도 내일도 행복해지는 비결이다.

미래학자들은 평균수명의 연장으로 노후에는 친구와 가족을 이루거나, 같이 지내는 경우가 많아질 것이라고 하는데, 오히려 권장할 만하다는 생각이 든다. 영국의 진화생물학자 로빈 던바는 인간의 두뇌 용량을 감안할 때 가장 친한 친구는 5명, 좋은 친구는 15명이 적절하다고 했는데, 주변에 마음을 터놓을 수 있는 친구 2~3명만 있어도 은퇴 후의 삶은 충분히 행복해질 수 있는 것이다. 나는 결혼 초에 퇴근 후 곤하게 잠든 남편을 바라보며 이 세상에서 이 남자와 정말 열심히 살다가 죽을 때에 "나는 당신을 만나서 참으로 행복했습니다."라고 말할 수 있기를 소망했다. 아무리 행복한 부부일지라도 사랑도 하고 미워도 하면서 시간이 흐르고 흘러 황혼에 이르면 끝내는 다시 못 올 길을 혼자 떠나는 날이 분명히 올 것이다. 그런데 '인생의 황혼에 같이 사는 사람을 이겨서 무엇하겠나?'라는 너그러운 마음과 함께 서로 합의하며 행복하게 살아가는 방법은 사랑하는 기술을 배우고 익힐 필요가 있다는 생각이 든다.

제2부

사는 것이 예술이다

인생 사계절

나는 지금부터 십여 년 전 가족여행을 갔는데, 이른 새벽잠에서 깨어 바닷가를 거닐다가 '지금 인생의 어디쯤에 와 있을까?'에 대해 생각했다. 그러면서 인생의 시간을 봄, 여름, 가을, 겨울 사계절로 나누어 보았다. 지금 내가 걷고 있는 새벽 5시 동이 틀 무렵과 같은 시기가 인생의 봄, 즉 학교 공부가 끝나고 20대 중반이 되어 사랑도 하고, 직업도 갖게 되는 때라면, 자신의 인생에 스스로 출근하여 퇴직하기 전까지 생산성이 있는 시기가 인생의 여름이 아닐까 생각했다. 그러나 인생의 뜨거운 여름이 지나고 가을로 접어들게 되면 직장생활, 결혼생활, 자녀의 결혼과 손자녀의 출생 등 인생의 격동기를 거치게 되는 50대가 된다. 대부분의 사람들은 50대 중반을 넘어서까지 활발하게 활동하고 있지만 미래를 염려하게 되며, 여성들은 폐경기가 되면서 인생의 여름은 끝나고 가을로 접어든 것이라 할 수 있다. 인생의 가을을 맞는 시간은 개인차가 많기는 하지만, 인생의 여름이 길었던 사람은 늦게까지 가을의 열매를 거두고 그 수확을 나누기 위해 바쁜 시간을 보낸다. 그러고 나서야 인생의 겨울을 만난다. 사실 인생의 봄날은 거의 비슷하지만, 인생의 겨울은 자신에게 주어진 인생의 봄날과 여름을 어찌 보내느냐에 달려있기에 많은 차이가 난다. 사실 나 같은 경우, 58세 때는 인생의 격동기였다고 할 수 있다. 인생의 가을에 더 많이 수확하고 나누려면 기회가 주어졌을 때 더 많이 땀 흘려 일해야겠다고 다짐했던 인생의 여름 끝물. 그날 새벽은 내 인생의 계절을 그려보았던 순간들로, 나는 그때 인생의 가을이 오기 전의 격동기를 보내고 있었다. 그래서 내 인생의 사계절에 대해 생각하는 계기가 된 것이다.

인생의 봄날, 너무 짧다

인간은 모두 태어나는 순간부터 고통스럽더라도 스스로 숨 쉬고, 사랑하고, 배우면서 살아가야 한다. 그러나 태어나고, 늙고, 병들고, 자신에게 주어진 이 세상에서의 시간이 다하면 사라져 갈 수밖에 없는 숙명을 가진 존재이다. 이런 인생을 자연의 계절인 봄, 여름, 가을, 겨울에 비유하면 제일 처음 맞는 계절은 인생의 1막, 봄이다. 태어나서 성년이 되는 20대 중반 무렵, 학교 공부를 끝내고 막 사회로 나오기 전까지라고 할 수 있다. 인생의 봄날, 주로 가족 안에서 성장한 그들이 장차 어떤 사람으로 살아갈지 짐작하기는 어렵다.

모든 인간은 어둡고 차가운 땅속의 씨앗과 다르게 엄마의 포

근한 자궁 속에서 10개월 동안 지내다가 혼자 숨을 쉴 수 있을 만큼 자랐을 때 세상 밖으로 나와 기고, 걷고, 달릴 수 있는 어린아이에서 불안한 마음의 청소년기를 거치며 성장하게 된다. 인생의 봄날에는 마치 어린 새싹들이 따뜻한 계절이 어서 오기를 기다리는 것과 같이, 앞으로 어떤 일이 일어날지 모르면서도 빨리 어른이 되기를 희망한다. 물론 처음에는 자신에게 주어진 유전자대로 피어나지만, 주어진 환경에 적응하면서 점차 부모세대보다 더 진화된 문화 유전자를 퍼뜨릴 멋진 어른이 되어간다. 인생의 황금률의 하나는 '뿌린 대로 거두는 것'이다. 인생의 봄날인 어린 시절에 자기 잠재력을 키워놔야 태양이 뜨거운 여름, 사랑하고 배우고 성장을 해야 할 시기에 자신이 갖고 있는 것을 피워내고 부쩍부쩍 자랄 수 있다. 물론 사람에 따라 잎이 나고 꽃이 피는 시간은 다르다. 봄에 심은 씨앗이 채송화라면 여름에 꽃이 피지만, 국화라면 조금 더 늦은 계절, 가을에야 꽃이 피게 될 것이다. 인생의 봄날에 생각과 마음을 크게 만들고 자신에게 어울리는 꿈을 키워야 하며, 그 꿈이 실현될 수 있는 역량을 키우는 것 또한 필요하다. 어른들은 아이들의 소리에 귀 기울이고, 좋은 책도 읽게 하고, 좋은 말을 많이 들려주어 영성이 자라날 수 있도록 마음의 밭을 가꿔줘야 한다. 그러나 씨앗이 소중하다고 해서 햇빛이나 바람에 그냥 놔두거나 너무 꽁꽁 싸매어

두면 씨앗은 죽고 만다. 오히려 적당하게 흙을 덮어 태양과 바람으로부터 보호해 주고, 물을 주어야 자신만의 고유한 싹이 나고 꽃을 피울 수 있는 것처럼, 인생의 봄에는 적절한 보호와 관심이 필요하다. "아이들은 꽃으로도 때려서는 안 된다."는 말이 있다. 아무리 좋은 말이나 가르침이라도 마음에 상처를 주면 안 되는 이유는, 아이들은 어른들의 지적이나 가르침만으로 성장하는 것이 아니라 아이들 스스로 깨칠 수 있는 시간이 필요하기 때문이다. 인생의 봄날에는 매일매일 태양이 떠오르지만, 어제의 태양과 오늘의 태양은 다르다. 늘 새 아침이 오고 새로운 밤이 오듯이, 우리의 삶은 매일 새롭게 시작되어야 하고 새로운 밤을 맞아야 한다. 어제의 태양과 오늘의 태양이 다른 것처럼, 아이들도 어제와 오늘 그리고 내일이라는 시간과 공간 속에서 한순간도 머무르지 않고 변화하면서 자란다. 인생의 봄날은 희망의 계절이며 꿈을 꾸기에 좋은 계절이지만, 수명의 연장으로 120세 인생을 산다고 보면 인생의 봄날은 너무나 짧다.

인생의 여름, 삶도 사랑도 뜨겁다

인생의 계절 중 봄처럼 싹이 나고 성장의 잠재력을 품는 시간이 지나면 태양처럼 뜨겁게 살아야 하는 여름에 이른다. 물론 어찌 어찌하다 씨앗이 돌밭에 떨어져 뿌리를 내려야 할 경우도 있고, 햇빛이 부족한 대청마루 밑에 던져졌어도 그 속에서 잎을 내고 심지어 꽃을 피우기도 한다. 그러나 이런 과정에서 죽기도 하고, 잎은 자라났어도 꽃은 못 피운 채 죽는 경우도 있다. 인생의 여름은 우리에게 주어진 100세 인생 중 대학을 막 졸업하는 25세 무렵부터 50대 중반까지 정신없이 배우고 사랑하면서 성장하는 시기이다. 직업을 갖고, 결혼하여 자녀를 낳아 키우고, 부모를 부양하는 이중의 부담을 견뎌내야 할 만큼 쉽

사는 것이 예술이다

지 않은 삶이다. 이처럼 자연에서 초목이 푸르고 무성하게 자라나는 여름처럼, 인생의 여름도 생물학적으로, 심리학적으로 아주 급속하게 성장하고 변화하기도 하지만, 삶도 사랑도 한낮의 태양처럼 뜨겁다. 젊은이들은 적성에 맞춰 공부한 후 취업을 하고, 자신에게 맞는 연인을 만나 결혼하는 등 성인이 되어 독립적으로 생활하지만, 자신이 누구인지, 무엇을 위해 살아야 하는지 모르는 새벽의 짙은 안개 속에서처럼 어디로 가야 할지 분간 못할 수도 있다. 특히 이제 막 고등학교를 졸업한 젊은이들은 취업을 하거나 입대하든, 공부를 계속하든 이제 보호를 받기보다 붉게 타오르는 태양 아래로 겁내지 말고 씩씩하게 나아가야 하는 시기이다.

그런데 좋은 나무라 할지라도 주변에 박힌 돌이 너무 단단하거나, 큰 나무들이 가득 차 어두운 환경에 처한다면 아무리 애를 써도 잘 자라기 어렵듯, 인생의 여름도 자기 성장에 방해가 되는 요소가 있는 것이 분명하다. 물론 살다 보면 잘못된 만남과 결혼, 자신의 적성과 맞지 않는 직장, 사랑했던 가족과의 이별, 질병, 사업 실패 등이 간간이 섞여 있기는 해도 인생의 전성기인 여름은 무서울 정도로 빠르게 지나간다. 이 시기에 제대로 성장하지 못하면 실망하거나 좌절할 뿐 아니라 고립감과 우울증이 생기게 된다. 삶을 포기하고 싶은 경우도 있지만, 선택은 본인

자신이 하는 것이다. 그러나 사회, 직장, 가정생활을 성공적으로
수행한다면 남아 있는 인생의 오후가 편안하게 된다. 마치 여름
농사가 잘되면 가을이 풍요로울 수 있듯이, 인생의 여름을 잘 보
낸다면 여유로운 인생의 오후, 가을이 기다리고 있기에, 아무리
뜨거운 여름이라고 할지라도 견딜 만한 것이다.

사는 것이 예술이다

인생의 가을, 단풍처럼 알록달록

인생의 가을은 봄과 여름에 비해 개인차가 커서 사람마다 그 모습이 각기 다르다. 마치 가을 단풍처럼 노랑, 빨강, 갈색 등 다양한 색깔로 인생을 살아가게 된다. 어린아이들은 거의 비슷하지만 인생 후반에 들면 모두 다른 것처럼, 나이 50대 초반에 은퇴하는 사람부터 80대에 들어서도 새로운 사업을 시작하거나, 비로소 자신이 잘하고 좋아하는 일을 발견하는 사람도 있다. 대부분의 사람들은 60세가 넘어서면 자신의 꿈을 줄이기 시작하고, 인생에서 퇴근 준비를 서두르기도 한다. 그러나 아직 하늘의 해가 중천에 떠 있기에, 일부의 사람들은 직장에서 퇴근 시간이 되어도 퇴근할 생각조차 하지 않고 새로운 구상을 하고 있는 것처럼, 인생의 가을은 단풍잎과 같은 다양한 색과 모습의 삶이 존재하기에 끝까지 살아볼 만하다. 사람들의 인생의 봄날은 대개 비슷하지만, 인생의 가을이 너무 다른 이유는 자신의 성장기인 여름을 어떻게 보내왔는지, 그리고 자신이 처한 시간과 공간을 어떻게 사용해 왔는지에 따라 천차만별이기 때문이다. 가을이 오면 윤동주 시인의 〈내 인생에 가을이 오면〉이라는 시가 생각난다. 이 시에서 인생에 가을이 오면 어떤 열매를 얼마만큼 맺었고, 사람들을 사랑했는지, 하루하루 최선을 다했는지 스스로에게 물어볼 것이라고 했다. 그러나 인생의 가을 공통점은 자신의 힘과 꿈을 줄이고, 자식을 독립시키고, 부모를 떠나보내는 시기라는 것이다. 그러나 가을 하면 단풍이 드는 나무들과 떨어지는 낙엽을 떠올리지만, 가을의 대표적인 명절인 추석에는 한 해 농사를 잘 지어, 이렇게 풍성한 결실을 맺었으니 감사하다며 특별히 조상님들에게 차례를 지내고 이웃에게 다과를 대접한다. 이는 서양도 비슷해서 많은 사람과 수확의 기쁨을 나누고 즐기는 추수감사절이 있다.

인생의 가을 역시 이제까지 잘 살아온 삶의 감사함과 풍요를 다른 사람들과 나누고 베푸는 계절이다. 특히 인생의 여름을 당당하고 생산적으로 잘 살아온 사람은 가정경영이나 자녀 교육

사는 것이 예술이다

을 거의 마친 시점에서 동년배들이나 지역사회 공동체와의 새로운 교류나 자기 발견의 기회가 주어진다. 한편, 생산적으로 살지 못한 사람은 자기정체감의 혼란이나 갱년기 증후군, 우울증도 나타날 수 있지만 부부관계의 재정립, 성인 자녀 또는 손자녀와의 관계 등 새로운 관계가 시작되면서 인생 후반의 전환점이 만들어진다. 인생의 가을엔 대부분의 경우 경제적 수입은 감소할 수 있지만, 사회봉사 및 나눔의 시간을 가지면서 자기 신체 및 정신건강의 유지와 인간관계 유지를 위한 시간을 마련하고 노력해야 한다. 만일 인생의 가을 끝을 85세나 90세까지로 늦추면 늦출수록 만추의 아름다움과 풍요를 느낄 수 있으므로, 행복한 인생보다는 의미 있는 삶을 추구할 수 있는 몸과 마음의 건강 유지에 관심을 가져야 한다.

인생의 겨울, 자기완성의 시간

누군가가 나에게 인생의 겨울이 언제인지 물으면 대답하기 어렵다. 왜냐하면 시간이 흐를수록 삶의 모습이 개인 간에 차이가 크기 때문이다. 어떤 사람은 40세 무렵에 조기 퇴직하고 동면에 들어간 뱀처럼 집안에 똬리를 틀고 두문불출하고 있지만, 92세부터 그림을 배우기 시작하여 104세에 개인전을 여는 사람도 있다. 나이는 시간의 흐름을 나타내는 것으로, 그저 타인의 시간과 비교하기 쉬운 숫자에 불과하다. 숫자에 불과한 90이라는 나이에도 가슴에 꿈이 자라나고 성장하고자 하는 욕구가 있다면, 그 사람은 아직 인생의 봄이나 여름을 살고 있다고 할 수 있다. 나이가 인생의 계절을 만드는 것이 아니라 생

사는 것이 예술이다

각이나 마음이 인생의 계절을 바꾸어 놓는 것이다. 겨울이 오면 바람이 심하게 불고 춥기 때문에 사람들은 따뜻한 곳에 머물고 싶어 하며, 거리에는 지나다니는 사람도 별로 없어 사람의 온기가 더욱 그리워진다. 인생의 가을에 자신의 것을 많이 나누어 주고 어떻게 새로운 인간관계를 만들어 교류하느냐에 따라 추운 계절, 겨울이 오면 그 주변에 있는 사람들의 수나, 모습이 결정된다. 그래서 인생의 가을을 어떻게 보내느냐가 중요하다. 어차피 인생의 마지막은 평생 축적해 놓은 재산이나 경력, 사회적 지위 등 아무것도 가지고 갈 수 없으므로, 생명이 있는 한 그 기쁨을 누군가와 함께 누리려는 태도로 살아야 할 것이다.

미국의 발달심리학자인 에릭 에릭슨은 노년, 즉 인생의 마지막은 인생의 통합이 되면 좋지만, 그렇지 못하면 절망 속에 죽음을 맞이하게 된다고 말한다. 인생의 통합은 남성과 여성, 선과 악, 삶과 죽음, 집단과 개인 등을 모두 다 통합하는 것이다. 다시 말해 남자라면 남자로서의 삶으로 인생을 마감하는 것이 아니라 몸은 남성이지만 그의 정신은 여성성을 통합한 삶, 즉 감성에 눈을 뜨고 섬세하게 사람을 배려해 주는 태도로 살아야 하는 것이다. 그리고 누군가와 함께 즐거울 수 있어야 하지만 혼자서도 행복할 수 있어야 한다. 이것이 진정한 '나'로 사는 것이며, 충만한 '나'를 느끼고 누리며 살아가는 것이다. 심지어 죽음이 삶의 일부이며, 최고의 선이 누군가에게 악이 될 수도 있음을 모두 받아들일 수 있을 때 인생의 통합이 이루어지는 것이다.

이제까지 살아온 삶에서 겨울은 늘 봄의 약속이었지만, 인생의 계절에서 겨울은 죽음을 의미한다. 생명을 가진 자들에게 누구도 피해 갈 수 없는 진리는 "태어난 자는 모두 죽는다."라는 말이다. 영생을 믿는 사람들조차 죽어야만 새로운 생명을 얻어 영원히 살 수 있게 되는 것이다. 그래서 이 인생 겨울의 중요한 과업은 살아오면서 자신에게 상처를 준 사람들에게 화해를 청할 뿐 아니라 살아오면서 마음속에 쌓인 부정적인 감정들을 받아들이고 주어진 삶의 한계를 기쁘게 받아들여야 한다. 인생의 겨울을 맞는 자세는 모든 사람들의 삶의 이유를 "그래, 그럴 수 있지!"라고 받아들일 수 있어야 하며, "내가 산 세월이 참 좋았다. 모두 다 고맙다."라고 말할 수 있어야 한다. 그래서 가능하면 끝까지 웃음을 잃지 말고 인간이 할 수 있는 최고의 성취인 '존엄한 죽음'이 되도록 주어진 시간을 살아야 한다. 한 인간으로서 자신의 인생을 통합하는 계절인 겨울이 인생의 끝인 것 같지만, 우리에게는 알 수 없는 새로운 시작이 될 수도 있다. 칼 융이라는 심리학자는 인생이란 결국 '자기의 완성'이라고 보았다. 자기 인생을 다 살아내지 못하면 그것은 한恨으로 남는다. 삶에서 가장 쉽고도 어려운 일은 자기 자신이 되는 일이다. 다른 사람이 원하는 대로 사는 것은 거짓된 삶을 사는 것만이 아니라 자신의 인생이 아닌, 타인의 인생을 사는 아주 힘든 일이다. 살면서 마음에 걸림, 즉 "내가 이렇게 한번 해보았으면 좋았을걸!" 하는 '껄껄거리는 인생'을 살지 않도록 해야 한다. 시간의 한계는 자신이 만드는 것이다. 자신이 너무 늙어 정말로 하고 싶었던 일을 못 한 것은 없으며, 혹여 그렇게 된다면 그것은 한으로 남을 것이다. '지금, 이 순간'이 우리에게 주어진 최고의 선물이며, 내가 진정으로 하고 싶은 일, 가슴 뛰는 일을 할 시간이 없다고 말해서는 안 된다. 우리에게 주어진 시간을 우리는 모르지만, 이제라도 '자기 자신이 되는 길'로 나아가야 할 것이기에 시계를 들여다볼 필요는 없다. 지나간 시간은 추억 속에 있고, 아직 오지 않은 시간의 주인이 바로 자신임을 잊어서는 안 될 것이다. 미카엘 하네케 감독의 〈아무르〉라는 영화는 음악가 노부부의 이야기를 통해 인간의 모든 삶은 죽음으로 끝난다는 것을 잘 보여주고 있다. 사실 인생의 정답은 어디에도 없다. 모든 사람은 자신의 인생을 완성해 가고 있을 뿐이다. 지금 생명을 가졌다고 해도 우리는 모두 그 끝을 모르지만, 하루하루 죽음에 가까이 가고 있는 것이다. 그런 의미에서 오늘, 지금, 이 순간으로 끝을 내고 싶은 사람도 있겠지만, 오늘 바로 이 시간은 병의 고통 속에 죽어가는 사람이 그렇게 원하고 원하던 소중한 그 시간임을 잊지 말아야 한다.

사는 것이 예술이다

사람들이 예술이라 지칭하는 음악, 그림, 무용, 연극, 문학, 영화, 건축 등 모든 예술이 인간의 생각에서 출발한 것처럼, 예술이란 인간 생각의 외적 발현이다. 나는 사람들의 생각이 '어떻게 사랑하며 살아야 하는가?'에 있다면, 이에 대한 모든 행위를 예술이라고 생각한다.

나는 6.25전쟁이 발발한 그다음 해에 태어났고, 전쟁 중에 서울이 수복되는 과정과 4.19혁명, 5.16 군사정변, 광주민주화운동 등을 모두 머리로 몸으로 기억하는 세대이지만, 큰 어려움 없이 대학까지 마치고 새마을운동과 여학생 교련수업이 있던 시절인 1970년대 중반 교직 생활도 경험했다. 내가 취업할 그 당시는 남녀 고용평등법도 없었을 뿐 아니라 남편이 벌어다 주는 돈으로 먹고사는 여자는 복이 많은 사람이라 했고, 취업하는 여자는 팔자가 사나운 사람이라고 했던 시절이었다. 실제로 결혼과 동시에 직장을 그만두는 여자도 많았고, 심지어 대학 졸업 후 신부 수업만 받다가 얌전히 결혼하는 여자도 많았다. 나도 그렇게 하는 것이 맞나? 싶어서 결혼 후 힘들게 임용시험을 거쳐 시작한 교직 생활을 그만두고 아이를 낳고 키우기 위해 딱 3년을 전업주부로 살아본 적이 있었다.

그 당시 나는 내 삶의 매 순간이 의미 있기를 바랐는데, 집에서 살림만 하며 아이를 키우는 생활 속에서는 나라는 존재를 찾을 수 없었을 뿐 아니라 출퇴근 없이 24시간 일해야 하는 어려운 삶이었다. 나는 일주일에 이틀이라도 나 자신의 시간을 갖고 싶어 둘째의 백일이 지나자마자 대학원 진학을 결심했는데, 바로 이 생각이 나의 인생을 바꾼 계기가 되는 결정적인 사건이었고, 매일매일 나의 성장을 실천하려고 노력하였다.

그러나 이보다는 '아들, 딸 구별 말고 하나만 잘 키우자'라는 산아 제한을 강조하던 시절, 세째아이는 의료보험도 안 되던 그 시절에 일하는 여성, 그것도 전문직 여성으로 시아버님에게 "똑똑하기는 해도 아들을 못 낳는 여자!"라는 말을 더는 듣고 싶지 않아 모험했는데, 다행스럽게도 세 번째는 아들을 출산하게 되었고, 세 아이를 키우며 공부와 연구를 병행할 수밖에 없었다.

80년대 초, 중반 아이를 맡아줄 기관이 변변하게 없던 시절, 멀리까지 아이를 맡기고 출퇴근하던 나는 종종거림과 불안함, 그리고 엄마를 기다리다 창문 앞에 누워 잠든 아이를 보고 마음이 아파 눈물짓던, 남들은 알지 못하는 그런 세월을 보냈다. 그리고 몸과 마음을 다해 키운 나의 세 아이들은 모두 가정을 이루어 한집에 각각 두 아이를 두었고, 이제 나는 손자녀 여섯을 둔 할머니가 되었다. 지금과 같은 저출산 고령화 시대가 이렇게 빨리 오리라 생각하지 못했던 시절, 어른들로부터 "남편이 벌어다 주는 돈으로 사는 것이 행복한 인생이다. 네가 뭐가 부족해서 직장을 다니려 하느냐!"는 말씀을 자주 듣는 상황에서 직업을 가진 여자는 그것이 아무리 전문직이더라도 자신의 선택이었기에, 다른 사람에게 아프다거나 힘들다고도 말할 수 없던 시절이었다. 심지어 남편에게라도 힘들다고 하면 그만두라고 해서 위안을 받기 어려웠고, 내가 좋아서 하는 일이었기에 힘들어도 내색하면 안 되었다. 이 시절을 겪어낸 나는 "지금 도를 닦고 있는 중이야!" 하며 정신적 무장과 더불어 수도승에 비유할 정도로 매 순간순간 인고의 시간을 보냈고, 이 시간들은 오늘의 나로 성장시키는 힘이 되었다.

어려서부터 많은 명작 소설을 섭렵한 나에게도 제일 이해하기 어려운 주제는 사랑이었다. 대부분의 사람들은 사랑이 뭔지도 모르는 청소년기에 '자신의 인생에서 정말 의미 있는 이성'을 만나는 경우가 많다. 풋풋한 짝사랑일 수도 있고, 가슴 아픈 첫사랑일 수도 있지만, 인생에서 결코 잊을 수 없는 사람을 우리는 성인이 되기 전에 한 번쯤 갖게 된다. 그 사람은 옆집 오빠든, 밥 잘 사주는 예쁜 누나든, 선생님이든 가슴을 설레게 한 대상이라 할 수 있다. 나 역시도 16살 무렵부터 소설에 나오는 그런 사랑을 하고 싶은 마음이 간절했다. 그 시절엔 '어떻게 하면 저렇게 부모의 반대나 사회적인 통념까지 깨는 사랑을 할 수 있을까? 그것이 가능할까?'가 나의 최대 관심사였다. 그러나 중학교, 고등학교, 대학교 입시라는 것들이 눈앞에 버티고 있어서 그 생각에 깊이 빠져들 수는 없었다. 그만큼 나는 현실적이고 이성적이었다. 그럼에도 한 가닥 희망으로 학교에 가면 내가 좋아하는 선생님을 만날 수 있다는 것 하나로도 좋았다.

지난 30년간 사랑에 대한 많은 과학적인 연구를 통해 우리가 얻은 교훈은 간결하다. 우리는 영혼만이 아니라 '육체와 뇌'라는 생물학적 기관을 통해 온몸으로 사랑한다는 것이며, 사랑을 담당하는 뇌 영역의 활동은 7살 때나, 70살 때나 늘 왕성하고 활기차다는 것이다. 그래서 새로운 사랑은 늘 똑같은 설렘으로 찾아오고, 인생을 통해 매번 다른 색깔의 사랑을 펼친다는 점에서 모든 사람의 사랑은 특별하다. 사랑을 과학적으로, 문학적으로, 철학적으로 아무리 잘 설명하려 해도 사랑을 사랑이라는 말로 표현하기에는 너무 부족하지만, 그저 최선을 다해 삶을 살아내는 것 그것 또한 사랑이다. 그러나 나의 아이들이 사랑하고, 결혼하고, 아이를 낳아 기르고 사는 것을 보며 사랑에 대한 생각은 많이 변해갔다. 그럼에도 나는 아직도 사랑에 관련된 영화를 보거나 노래를 들으면 가슴이 뛴다. 특히 임재범이 부르는 〈사랑이라서〉라는 노래 가사를 보면 아직도 가슴이 울컥해진다.

하루하루 그대만 보여서

매일매일 눈을 가리고 살아

그대 곁을 나조차도 모르게 머물며

메마른 내 가슴이 그댈 잊어버리지 못한 이유는

사랑이라서 사랑이라서

두 번 다시 못 볼 사랑이라서

하늘이 하는 일 돌릴 수 없는 일

이렇게 사는 게 힘들면 그녈 보내줄 텐데…

죽어서 보라고 그래서 보라고

그때라도 사랑한 마음이 남아 있게 된다면 그때쯤에 (중략)

이렇게 기가 막힌 사랑, 이런 사랑은 마음이 몹시 아프지만 아름답다. 누가 이런 사랑을 언제 또 할 수 있을까를 생각하면 내 마음이 아픈 것이다. 나의 삶이 행운인 것은 내가 많이 사랑했고 같이 살아보고 싶은 사람과 결혼한 일이다. 그래서 어렸을 적 열심히 공부해서 좋은 성적을 내면 엄마, 아버지가 기뻐했던 것처럼 시댁에도 잘하고, 아이들도 잘 키우고, 자랑스러운 사람이 되면 '이 사랑도 더 커지겠지!' 하며 정말 최선을 다해서 열심히 살았다. 그러나 사랑의 본질도, 형식도 시간이 흐르면서 바뀌어 간다는 것을 알게 된 나이가 마흔아홉 살이었다.

그 당시 세 아이 중 둘은 대학생 신분이었고 막내가 중학생, 그리고 시아버님과 함께 살고 있었다. 나는 용기를 내어 "한 달간 미국 여행을 하며 글도 쓰고 여행도 하고 싶다."라고 남편에게 말했다. 남편은 놀랍게도 흔쾌히 "그렇게 해. 당신도 휴식이 필요해."라고 해서 미국으로 떠났다. 그때 마침 미국으로 이민을 가서 LA에 살고 있던 남편의 친구가 거처는 준비해 주었지만, 그 외의 스케줄은 내가 모두 결정하고 관리했다. 놀라운 것은 스마트폰도 없던 시절, 남편의 친구는 내가 어떤 의도로 왔는지도 묻지 않고 공항으로 마중을 나와 주었다. 그리고 혼자서 잘 지낼 수 있도록 숙소와 멋진 차도 준비해 주고, 지도와 급한 연락처 등을 모두 메모해서 넘겨주었다. 그 후에는 혼자 지도를 찾아가면서 근처에 있는 대학이나, 도서관을 돌아보기도 했고, 팜스프링에 있는 선배를 만나러 사막 같은 길을 이정표만을 보며 3~4시간 혼자서 서투른 영어로 잘도 찾아다녔다. 별일이 없었던 것은 지금 생각해 보니 모두 행운이었다. 미국에서의 마지막 여행지는 멕시코였다. LA 한인 여행사를 통해 여행지를 선택하였기에, 룸메이트는 64세 한국 여성이었다. 바로 윗세대 나의 어머님과 같은 27년생 이 여사님이셨다. 이분은 그 당시로서는 아주 드문 지성과 미모를 겸비한 영문과 출신이었고, 4박 5일을 나와 전부터 잘 알던 사람처럼 함께 다니면서 많은 이야기를 나누었다.

나는 그녀의 삶을 통해 '삶, 생활보다 나은 스승은 없다.'는 것을 느꼈다. 여행이 끝나갈 무렵, 그녀는 나에게 "인생의 황혼이 젊음보다 더 아름답다."라고 말하면서 자신은 37세에 사별해서 아들 둘을 키우며 살다가 얼마 전 자신의 사업을 도와주던 다섯 살 연하의 남자와 결혼하려고 하는데, 나이 든 사람들의 사랑도 젊은이와 똑같은 열정이 있다고 말해 주었다. 여행을 끝내고 LA 공항에서 헤어지게 되었을 때 여사님은 나에게 "이제 혼자 다니지 마라. 아름다운 인생 소풍 나왔다고 생각해라. 소풍 갈 땐 옆에 친구를 두는 것이 좋아. 그때 친구는 남자든 여자든, 나이가 많든 적든 관계치 말고 함께하면 좋은 사람이면 된다.”라고 하셨다. 25년이 지난 지금도 나는 “인생의 황혼이 더 아름답다. 단지 그 노을 뒤에 빠르게 어둠이 온다.”라는 말과 함께 이 여사님의 웃는 얼굴이 생생하게 떠오른다. 나는 살아오면서 많은 사람과 생각들을 만나고 이것을 모두 포용하면서 살아온 삶도 예술이었지만, 앞으로도 예측하기 어려운 미래를 멋지게 살아가야 할 것이므로 사는 것은 예술이라는 생각이 든다.

사는 것이 예술이다

놀이가 예술이 되면

나는 우리 아이들이 아주 어렸을 때 오후에는 아이들을 놀이터에서 놀게 했다. 그런데 아이들이 주변이 어둑어둑해져도 집에 갈 생각을 안 하고 더 놀겠다고 하면 나는 '요정 이야기'를 활용했다.

해가 지고 어스름할 무렵까지 네 살과 다섯 살 연년생 두 딸은 집에 갈 생각을 하지 않는다. 그때 나는 아이 곁으로 살며시 다가가 속삭이듯 말한다. "얘들아! 이젠 요정이 올 시간이야. 낮에는 아이들이 놀이터에서 놀라고 요정들은 구경만 하고 있었거든. 저녁이 되면 요정들이 그네도 타고, 시소도 타고 싶어서 지금 저기 저 나무 위에서 너희들을 보고 있어."라고 말하면 아이들은 눈을 동그랗게 뜨고 "어디? 어디?" 하며 두리번거린다. 그때 엄마인 나는 "너희들은 아직 키가 작아서 여기서는 안 보일 거야! 나도 지금 저 나무 뒤에 요정이 있는 것 같기는 한데 잘 안 보이거든. 우리 집에 올라가서 놀이터를 내려다보자." 집이 아파트 9층이었기에 아이들은 놀이터 떠나기를 아쉬워했지만 나를 따라 집으로 왔다. 그리고 9층 복도에서 저 밑의 놀이터를 내려다보지만, 요정이 있을 리 없다.

"어디? 어디 있지? 난 안 보여요!!! 요정이 어디 있어요?"라고 하면 나는 "어, 나는 보이는데 너희들에겐 왜 안 보이지? 저기 시소 위에 보라색 옷을 입은 요정이 있는데 안 보여?" "정말 반짝거리는 예쁜 옷을 입은 요정이네.너무 예쁘다."고 하면 아이들은 "안 보여요!" 하며 눈을 크게 뜨고 두리번거리며 요정을 찾는다. 물론 요정은 없지만 나는 아이들에게 "아마 너희들이 너무 어려서 그런가 보다. 깨끗하게 씻은 다음 밥을 먹고 천천히 찾아보자." "그러면 보여요?"라고 묻는 아이에게 "엄마처럼 커지면 요정도 보이고 요정들과 이야기도 할 수 있어!"라고 이야기하면 아이들은 순순히 '아이들과 어른들의 눈은 다르다.'고 생각하며 바로 수긍을 한다. 이때 착하고 예쁜 우리 아이들의 머릿속은 저녁노을은 사라지고 별과 달이 뜨는 밤의 세상, 귀엽고 예쁜 요정들의 세상으로 새롭게 들어가게 된다. 한편, 나는 아이들이 밥을 먹거나 간식을 먹을 때 식탁에서 큰 소리로 다투면 아이들 모르게 다른 한 손으로 식탁 밑을 '쿵' 하고 두드리고 나서 "얘들아! 지금 '쿵' 하는 소리 났지?"라고 물어보면 아이들은 무슨 소리가 난 것 같다며 조용해진다. 그때 다시 한번 발로 식탁 밑을 두드리면 아이들은 귀를 기울인다. 또다시 내가 아이들에게 개구쟁이 요정 '푸무클'이 우리 집에 온 것 같다고 말하면 아이들은 다툼을 중지하고 조용해지면서 식탁 밑과 주방의 구석구석을 살핀다. 그때 내가 주방의 식기 하나를 건드리며 지금 막 다용도실로 도망간 것 같다고 말하면서 문을 닫으면 아이들은 '휴~' 안심한 후에 개구쟁이 요정 '푸무클'은 찾지 않았다. 그리고 또 한번은 '선녀와 나무꾼 이야기'를 해주고는 "나무꾼이 엄마의 날개옷을 가져다주면 나도 너희 둘을 데리고 하늘로 갈 수 있단다. 그런데 너희들은 엄마랑 같이 가고 싶니?"라고 물었더니 "그럼 아빠는?" 하고 다시 묻는다. 그래서 "우리는 이렇게 나무꾼이 올 수 없는 아파트에서 사는 거야. 우리는 날개옷이 있어도 아빠랑 같이 살아야 해!"라고 이야기하고 잠이 들었다. 이렇게 매 순간 동화책을 읽어 주기보다 요정 이야기나 〈흥부와 놀부〉 등의 전래동화를 각색하여 현장에 맞도록 이야기로 만들어 들려주면서 위기 때마다 활용했다.

그리고 우리 아이들 많이 좋아하는 놀이는 "꼭꼭 숨어라. 머리카락 보인다."라는 말에 운율을 달아 술래는 눈을 가리고 아이들은 숨고 다시 술래가 숨은 아이들을 찾아 나서는 '숨바꼭질hide-and-seek' 놀이이다. 이 놀이는 오래된 우리나라 전통놀이의 하나로 술래잡기, 또는 술래놀이라고도 한다. 숨바꼭질 놀이는 아주 단순해서 술래가 된 사람이 눈을 감고 있는 동안, 보통은 하나에서 열까지의 수를 세는 시간 동안이지만, 다른 사람은 숨고 그들이 다 숨으면 술래가 찾아 나서는 것이다. 처음으로 발견된 아이가 그다음 술래가 되고 맨 마지막에 발견되는 아이가 승자가 된다. 나의 아이들은 틈만 나면 집안에서도 숨바꼭질 놀이를 자주 했다. 아주 어린 아이들의 경우, 처음에는 제 얼굴만 숨기면 된다고 생각해서 얼굴은 안 보이게 숨지만 엉덩이는 숨기지 않고도 숨었다고 생각한다. 그러나 조금 더 크면 옷장이나 벽장에 들어가 잠이 드는 아이도 있어 아이들이 숨는 장소는 지정해 주는 것이 좋다. 그러나 아이들은 24개월 정도만 되어도 장소를 탐색하고 자신의 몸을 숨길 수 있는 곳과 그렇지 않은 곳을 구분하게 되는 인지능력이 발달하게 되기에, 숨바꼭질 놀이도 서로 어울려 놀 수 있는 사회성 발달만이 아니라 숨고, 찾고 하는 사이에 인지적 전략, 인지적 성장이 일어나는 것이다.

숨바꼭질에서 중요한 것은 술래가 찾지 못할 공간, 즉 숨을 곳을 찾는 것이 중요한데, 아이들은 작고 좁은 공간이나 몸이 간신히 들어갈 수 있는 좁은 공간 속에 숨어 있는 것을 좋아한다. 특히 자신의 모습을 숨기고 작은 틈으로 외부를 관찰할 수 있는 작은 문이나 창문이 있으면 더 즐거운 놀이 장소가 된다. 아이들은 이 작은 공간 안에서 그냥 놀기만 하는 것이 아니라 자신의 생각을 마음대로 펼칠 수 있는 창의력을 발달시킬 수 있어 바람직하다. 그런데 아이들은 왜 작고 좁은 공간에서의 놀이를 좋아할까? 그 이유를 살펴보면, 아이들에게 방이나 거실 그리고 공원은 어떻게 놀아야 할지 모를 만큼 큰 공간이어서 아이들은 상대적으로 자신을 훨씬 작게 느낀다. 아이들이 작은 공간을 좋아하는 이유는 자신이 주인이고 자기 마음대로 해도 되는 공간이며, 작은 공간 안에 들어가 있으면 자신의 몸이 크고 그 공간에 꽉 차 있는 듯한 느낌을 체험하기 때문이다. 아이들이 구석에서 노는 것을 좋아하는 것은 폐쇄적인 성향을 가져서가 아니라 인간에게 가장 편안했던 장소인 엄마의 자궁 속처럼 아늑하고, 좁고, 약간은 어두운 곳이 심리적인 안정감을 제공해서이다. 또한 구석을 선호하는 것은 인간의 회귀본능이라고 해서 나는 집안 곳곳에 숨바꼭질할 만한 곳을 마련해 두고 놀기를 권하기도 하고 즐기기도 했는데, 이 시간은 곧 나의 시간이 되기도 했다. 이처럼 나는 젊은 날을 아이들에게 요정들이 사는 세상과 아이들의 삶을 연결시켜 가며 살았다. 나는 아이를 키운 것이 아니라 아이들과 함께한 매 순간을 창조해 가는 예술가로서의 행복을 느낀 엄마였다. 사람들은 무에서 유를 만들어 내는 것을 창조라고 말한다. 즉, 새로운 무엇인가를 만들어 내는 것이다. 그것이 사물이든, 지혜든, 관념이든 이제까지는 없었던 새로운 무엇인가를 만들어 내는 것이 창조이다. 이러한 일을 하는 사람을 예술가라 한다. 작가의 직관과 통찰을 통해 뛰어난 예술 작품이 만들어지고, 이 작품이 시대를 초월하여 많은 사람들을 공감시킬 수 있다면 우리는 그 사람을 뛰어난 예술가라고 말한다. 그러므로 한 아이에게 생명을 주고, 영혼의 그릇을 키우고, 바람직한 인성과 행동을 만들기 위해 좋은 말과 행동으로 아이를 양육하는 부모들은 모두 예술가이고 창조적으로 수행하는 사람들이라고 할 수 있다.

말하기도 예술

말은 사람의 내면을 보여준다. 눈빛만 봐도 마음을 알 수 있다면 더없이 좋겠지만, 말하지 않으면 알지 못한다. 그러다 보니, 말에는 그 사람의 됨됨이가 담겨 있기 때문에 사람의 참모습은 말에서 드러난다고 할 수 있다. 따라서 말은 현대인들에게는 살아가는 데 매우 중요한 커뮤니케이션의 수단이자, 사람을 평가하는 척도가 되기도 한다. 신경정신분석학자 루안 브리젠딘에 따르면, 개인 차이는 있겠지만 "여성은 하루 평균 2만 단어를 말하고, 남성은 7천 단어를 말한다."라고 하는데, 우리가 쏟아내는 수많은 말 중에는 사람을 살리는 말이 있는가 하면 사람을 죽이는 말도 있다. 얼마 전 한 중학생이 극단적 선택을 하려는 여성을 살린 사연이 알려졌다. 이 중학생은 5m 지하도 난간 위로 올라가는 여성을 목격하고 조심스레 다가가 말 한마디를 건넸다. 여성은 마음을 열었고, 소중한 한 생명은 소생하게 되었는데, 그 여성을 살린 한마디 말은 "괜찮아요?"였다고 한다. 이 한마디가 그 여인의 생과 사를 갈라놓은 것이다.

언어, 즉 말은 마음을 담아내는 것이기에, 말은 마음의 소리라고 할 수 있으며, 무심코 던진 한마디에 사람의 품성이 드러난다. 품성이 말하고 품성이 듣는 것이다. 격과 수준을 의미하는 한자 '품品'은 입'구口'가 세 개 모여 이루어져 있는 것처럼, 말이 쌓이고 쌓여 한 사람의 품격이 된다는 의미로 보여진다. 말은 한 사람의 입에서 나오지만, 천 사람의 귀로 들어가고 끝내는 만 사람의 입으로 옮겨진다. 그래서 발 없는 말이 천리를 간다고 하는 것이다. 그런데 말과 문장이 지닌 힘을 통제하지 못해 자신을 망가뜨리거나 하루아침에 나락으로 떨어지는 이들이 비일비재하다. 아주 오래전부터 인간의 말은 상대방의 마음을 얻게 하는 중요한 역할도 했지만, 반대로 분노와 미움을 사게 만들기도 했다. 한 번 내뱉은 말은 다시 주워 담기도 어렵기 때문에 말을 하는 데 있어서 신중해야 한다.

사람들이 하는 말은 다 어디로 가는 걸까? 정오목 작가의

《구름이 된 말》은 그 궁금증을 풀어주는 동화이다. 이 동화에서 작가는 우리가 내뱉은 말은 그냥 사라지는 게 아니라 모두가 공기 중에 있다가 하늘로 올라가 뭉쳐 구름이 되고, 충분히 모이면 비가 되어 혹은 눈이 되어 혹은 진눈깨비가 되어 다시 땅으로 내린다고 말한다. 심지어 나쁜 말이 쌓이면 마녀가 탄생할 수 있다는 동화이지만, 말을 함부로 해서는 안 된다는 메시지를 전달해 주고 있다. 우리는 자신의 주변 가까이에 있는 사람, 부모님이나 자녀들에게 하는 말에는 더 신경을 써야 한다.《언어의 품격》을 저술한 작가 이기주 역시 말에도 귀소 본능이 있다고 주장한다. 즉, 인간의 말, 언어는 강물을 거슬러 오르는 연어처럼, 태어난 곳으로 되돌아가려는 무의식적인 본능, 귀소 본능을 지니고 있다는 것이다. 따라서 사람의 입에서 나온 말은 밖으로 나오는 순간 그냥 흩어지지 않고 돌고 돌아 어느 사이엔가는 말을 내뱉은 사람의 귀와 몸으로 다시 스며든다는 것이다. 그러니 어떤 말을 해야 할지 신중하게 결정해야 한다. 말 한마디로 천 냥 빚을 갚기는커녕 손해를 입지 않기 위해서는 상대방을 기분 나쁘게 할지도 모르는 말이 마음에서 떠오르면 입을 닫아야 한다. 귀는 둘이고 입은 하나인 이유는 두 귀로 잘 듣고 하나의 입에서 나오는 말은 가려서 해야 하는 것이기 때문이다.

사회심리학자 제임스 W. 페니베이커는 《단어의 사생활》에서 말에 대해 다음과 같이 쓰고 있다.

"우리는 모두 자신만의 스타일로 거의 무의식적으로 사용하는 말, 단어를 통해 자신이 어떤 사람인지를 드러낸다. 그 단어 속에 자신에 대한 단서, 자신에 대한 흔적을 남기는 것이다."

한편, 《강원국의 어른답게 말합니다》에서 저자는 "입에서 나오는 말이 자신의, 혹은 타인의 운명을 좌우할 수 있다."라고 언급한다. 내가 하는 말이 좋은 말이면 내 운명은 좋은 방향, 원하는 방향으로 바뀐다는 긍정의 의미로 읽힌다. 하지만 반대의 경우도 생각해 볼 일이다. 무책임한 충고, 부정적인 말은 내 운명뿐 아니라 누군가의 운명을 정반대로 바꿔 놓을 수 있다는 의미이기도 하다. 나는 이해인 시인의 〈나를 키우는 말〉을 책상 앞에 두고 늘 읽고 있다.

행복하다고 말하는 동안은
나도 정말 행복해서
마음에 맑은 샘이 흐르고

사는 것이 예술이다

고맙다고 말하는 동안은
고마운 마음 새로이 솟아올라
내 마음도 더욱 순해지고

아름답다고 말하는 동안은
나도 잠시 아름다운 사람이 되어
마음 한 자락이 환해지고
좋은 말이 나를 키우는 걸
나는 말하면서
다시 알지

　나는 이 시를 소리 내어 읽다 보면 내 마음이 환해지는 것을 느낀다. 어린 시절 많이 들었던 말 중에 "가는 말이 고아야 오는 말이 곱다."거나 "말 한마디로 천 냥 빚도 갚는다."는 말이 있었다. 내가 하는 말이 고울 때 되돌아오는 말도 고울 수밖에 없고, 말만 잘하면 어떤 어려움도 해결할 수 있다는 의미로 알고 있었다. 그런데 얼마 전《끌리는 말투, 호감 가는 말투》라는 아주 재미있는 제목의 책을 만나게 되었다. 요즘은 스마트 폰으로 대화하는 세상이라 말보다는 문자로 말을 주고받기에, 말하기가 더 중요하게 되었는지 서점에는 말하기에 관한 책이 점점 많아지고 있다. 이

책의 저자 '리우 난'은 중국 시안 공정대학 방송관련 학과를 졸업하고 강사로 활동하면서 웅변 대회와 말하기 대회에서 우수한 성적을 거둔 사람으로, 실제로 많은 학생들에게 말하기를 가르치고 있다고 한다. 인간관계의 성패가 말하기에 달려있다고 할 만큼 호소력을 지닌 말을 하는 사람은 다양한 사교적인 만남이나 장소에서 우위에 있다고 할 수 있다. 호감을 지닌 말투나 뭔지 모를 끌림을 주는 말투는 친근감을 주고 상대의 마음을 사로잡기 때문에, 폭넓은 대인관계를 형성하며 원하는 일도 순조롭게 잘 풀어 갈 수 있다. 이처럼 '말'로 만족스러운 인간관계를 맺고, 다양한 상황에서 당신의 매력을 드러내게 된다면 이때 말하기는 예술이 된다.

친구나 가족은 물론이고 사회생활을 하는 가운데 직면하는 상황에서 설득하는 말하기의 예술을 익히는 것이 필수 덕목이다. 진정한 의미에서 설득이란 상대의 마음을 움직여 자기 의견에 공감하고 동의하게 만드는 것으로 일종의 재능이라고 할 수 있다. 특히 취업을 준비하는 사람은 면접에서 자신의 재능을 최대한 보여주는 말솜씨에 따라 자신의 미래가 결정되기도 한다. 중요한 것은 말하기는 타고난 것이 아니라 연습해야 한다는 것이다. 그림을 보고 말하기나, 말 잘하는 사람 따라 하기 또는 암송하기 등 말하기의 연습 기회를 활용하여 열심히 하면 말하기도 예술이 될 수 있다.

사는 것이 예술이다

자신과의 만남, 걷기

　　나는 올해 들어 매일 아침 한 시간 걷기로 몸과 마음을 단련하고 있다. 민족사관고등학교뿐이 아니라 외국의 명문학교들은 왜 학생들에게 운동을 많이 시킬까? 그것은 몸을 움직이면 집중력이나 문제해결력과 같은 능력이 높아지기 때문이다. 하버드 의대 존 레이티 교수는 인간은 진화 과정에서 움직임으로서 생존하고 적응하여 왔으며, 몸을 움직이면 생각도 움직인다고 말했다. 과거의 많은 천재들도 뇌기능을 촉진하는 방법의 하나로 걷기, 즉 산책을 해왔다. 실제로 달리기와 같은 유산소 운동은 '심장이나 뇌에 혈류량을 증가시켜 산소량을 높여 뇌세포에 영양 공급을 원활하게 함으로써 뇌에 신경 성장 유발인

자인 BDNF를 높인다'고 한다. 과학자들의 뇌와 운동에 관한 연구결과의 하나는 걷기 운동을 한 사람과 스트레칭만 한 사람의 기억력 검사에서 걷기가 더 높은 점수가 나왔다는 것이다. 독일 하이델베르크 대학 근처에 위치한 '철학자의 길'은 산책로이자 관광명소다. 도보로 1시간 정도 걸리는 이 길은 헤겔, 베버, 야스퍼스 같은 유명한 철학자들과 괴테 같은 대문호들이 자주 산책한 것으로 유명하다. 가벼운 운동이라고 할 수 있는 산책은 유명한 철학자와 문학인들이 세기의 저작들을 만들어 내는 데 없어서는 안 될 요소였다. 프랑스의 이름난 수학자 앙리 푸앵카레 역시 독특하지만, 뇌과학적인 문제 해결법으로 걷기 운동, 즉 산책의 효과를 보여주었다. 푸앵카레는 풀리지 않는 문제가 있으면 일단 종이에 그에 관해 알고 있는 모든 것들을 무조건 적었다. 그 후 가장 난이도가 낮은 순서부터 어려운 문제까지 모두 머릿속에 담고 산책에 나섰다. 그는 늘 다니던 익숙한 길을 걸어가며 문제에 대해 깊이 생각하고 다시 답을 다는 과정을 통해 문제를 해결함으로써 수학사와 과학사에서 빠지지 않는 인물이 되었다. 이제 세계적인 명문학교만이 아니라 우리나라의 명문 고교라 할 수 있는 민족사관고등학교가 운동을 필수로 하는 이유를 짐작할 수 있을 것이다. 바로 뇌는 몸을 움직이면 깨어나는 것인데, 걷기가 신체와 정신·심리적인 측면에서도 크나큰 영향을 주고 있다는 사실이 속속 확인되고 있다. 특히 산책을 통해 자연과 함께 균형 잡힌 깊이 있는 사고를 할 수 있다. 누군가와 함께 걸으면 보조를 맞추어야 하니, 상대방에 대한 배려도 자연스럽게 체득하게 되며, 자신감과 함께 자아존중감까지 생기게 한다고 한다.

프랑스에는 교정 방식이 좀 특별한 '쇠이유Seuil'라는 비행 청소년 교정 단체가 있다. 그 단체의 교정 방식은 소년원에 수감된 청소년을 프랑스어가 통하지 않는 다른 나라에서 3개월 동안 1,600킬로미터, 즉 하루 평균 17킬로미터를 걷게 하는 것이다. '쇠이유'는 〈르피가로〉 등에서 30년간 기자생활을 하고 은퇴한 베르나르 올리비에Bernard Ollivier가 만들었다. 그는 기자 생활을 하는 동안 스무 차례나 마라톤을 완주했었으며, 퇴직 후 3개월에 걸쳐 프랑스 파리에서부터 스페인의 콘포스텔라에 이르는 2,300킬로미터를 도보로 여행하면서 걷기의 가치를 발견했다. 그는 많은 걷기를 통해 "걷기란 자신에 대한 성찰이다. 걸으면 자연스럽게 자신을 돌아보고, 자신을 돌아보면서 얻는 깨달음이 쌓여 인생을 재설계하게 한다."고 역설했다. 이처럼 걷기의 가치는 걷는 행위 자체가 중요한 것이 아니라 걷는 동안 일어나는 자신에 대한 성찰, 돌아봄에 있다. 그가 어린 재소자들에게 장시간 걷기를 경험하게 하는 것은 "신체와 정신을 균형 있게 발달시키는 데는 걷기가 최고"라고 믿었기 때문이다. 그러나 '쇠이유'를 통해 아이들이 걷기를 할 때는 곁에 항상 멘토가 함께한다. 낯선 어른이지만 3개월 내내 아이와 함께 지내며 보호자이면서 동행자가 되어 주는 것이다. 프랑스어인 '쇠이유Seuil'는 우리말로 '문턱' 혹은 '문지방'을 의미한다. 문지방은 별로 높지 않지만 넘어지기 쉬운 것이 특징이다. '쇠이유'는 인생의 문턱에서 넘어진 아이에게 어른이 손을 내밀어 주고, 걷기를 통해 자신과 자신을 둘러싼 모든 것을 되돌아볼 기회를 주는 것이다. 프랑스 비행 청소년의 재범률은 85퍼센트인 반면, '쇠이유' 출신의 재범률은 15퍼센트에 불과하다고 한다. 이처럼 재범률이 낮게 된 원인은 자신들의 상처를 보듬어 준 사람들이 있었고, 자기 스스로를 돌아볼 자아성찰의 기회가 있었기 때문이다.

걷기에 대한 긍정적 사례는 프랑스, 스페인, 미국, 일본 등 해외에서의 사례를 얼마든지 찾을 수 있는데, 우리나라에서도 청소년 대상으로 한 걷기의 효과를 검증해 본 결과, 생각을 깊게 하고 일탈을 방지하는 것으로 나타났다. 특별한 문제가 있지 않더라도 부모가 아이들의 동행자로 걸으면서 아이와 지나간 순간들을 돌아보고 성찰하는 시간을 갖는 것이 좋다. 왜냐하면 바로 부~자, 모~자간의 유대를 돈독하게 하고 신체와 정신을 균형 있게 발달시킬 수 있기 때문이다. 특히 화를 내고 자기조절이 안 되는 아이들을 처벌로 다스리기보다는 비록 시간이 걸리더라도 인내심을 갖고 함께 걸어 준다면 아이들의 문제는 자연스럽게 해결될 수 있을 것이다. 미국 신경학회는 최근 의사들에게 새로운 진료 지침을 정하여 발표하였다 즉, 가벼운 인지기능장애 mild cognitive impairment; MCI 환자들의 기억력과 사고력을 향상시키기 위해 약 처방보다는 매주 두 번 이상의 운동 처방을 내리도록 권고한 것이다. 즉, "규칙적인 신체 운동은 오래전부터 심장 건강에 도움이 되어 왔지만, 경도 인지장애 환자들의 기억력 향상에도 도움이 된다."라는 것이다. 미국 존스홉킨스 의대가 중심이 된 국제공동연구진이 '유럽 예방 심장학 저널'에 발표한 연구에 따르면, 걸음 수가 많이 늘어날수록 건강 효과도 크다는 것이다. "많이 걸을수록 건강에 더 좋다."는 사실을 확실히 입증한 연구 결과이다. 연구교수 마치예 바나흐는 성별, 연령, 거주 지역에 관계 없이 모두 적용할 수 있다고 덧붙였다. 그런데 운동은 청소년기만이 아니라 노년기까지 일생에 걸쳐 뇌를 성장시키는 중요한 요인이다.

걷기는 자기 자신과의 진정한 만남을 위한 좋은 방법이다. 특히 목적지가 있는 것이 아니라 '걷기' 자체가 목적인 사람들은 걷는 것만으로 평화와 행복에 이를 수 있다고 말한다. 물론 빨리 걸을 필요는 없다. 편안하게, 감정을 가라앉히고, 자유로운 동작과 리듬을 찾아 걷고 또 걸어야 한다. 정처 없이, 목적지가 없이 그냥 걷게 되면 걷는 즐거움을 온전히 누릴 수 있게 된다. 사실 걷는 동안은 누구나 혼자가 된다. 둘이 걸어도, 넷이 함께 걸어도 그 근본은 혼자이다. 자기 자신이 행복하고 싶다면 자기를 철저하게 들여다볼 수 있는 자기만의 시간을 가질 필요가 있는데, 이렇게 하려면 미로 걷기도 좋다. 우리의 인생은 누구도 그 끝을 알기 어려운 미로를 걷는 것과 같지만, 생명이나 삶에 대한 의미를 찾는 여정과도 같다. 사실 자신이 살아가고 있는 인생의 길에 좋은 길, 정해져 있는 길이 따로 있는 것이 아니다. '정처 없이 걷기'는 다른 누구도 아닌 나만의 길, 나 자신에 이르는 길을 찾기 위한 좋은 방법의 하나가 되는 것이다. 프랑스 남쪽에서 시작하여 피레네산맥을 넘어 스페인 북서쪽에 위치한 산티아고까지 이어지는 800km에 달하는 산티아고 순례길에는 한국 사람들이 넘치고 있다. 체력적으로나 정신적으로 결코 쉽지 않은 한 달가량의 '느리게 걷기'에 열광하는 특별한 이유는 무엇일까? 물론 참여자의 연령대에 따라 그 이유는 다르다. 조사결과, 낯선 환경에서 혼자만의 걷기 시간을 통해 앞으로 나아갈 길을 찾거나, 자신의 삶을 뒤돌아보고 남은 인생을 설계하려고 한다는 것

사는 것이 예술이다

이다. 실제로 마음이 너무 복잡할 때 효과를 볼 수 있는 아주 좋은 방법이 바로 걷기이다. 특히 맨발이나 편한 신발과 옷차림으로 천천히 한 발 한 발 앞으로 나아가되 시선을 항상 자기가 가고 있는 그 길에 집중해서 걷다 보면 바로 행복 속으로 가는 길, 자신과의 접속이 가능한 길에 들어서는 것이다.

나도 늘 크고 싶었다

나는 나비를 머릿속에 떠올리면 나비가 허공을 뱅글뱅글 날아 색이 고운 꽃에 무엇인가를 속삭이는 듯한 나비의 날갯짓이 떠오른다. 마치 꽃에 사랑을 고백하는 듯한 모습으로 볼 수 있을 것 같기도 하다. 그런데 봄날 사랑의 고백을 귀로 듣지 않고 꽃과 어울리는 한 폭의 그림으로 눈에만 담는 것이 아니라 코로 향기를 느끼는 사람도 있다. 얼마 전 나비에 대해 온몸의 감각만이 아니라 영혼의 감각까지 열어 나비를 만나고 있는 시인 초우 선생님을 만났다.

반갑고 행복한 정담 뒤에 지난겨울 발간된 시집 〈물의 기억〉

사는 것이 예술이다

을 받고 집에 돌아오면서 시인의 나비만이 아니라 별, 눈, 물, 비, 나무, 바람 숲, 싸리꽃, 나팔꽃 등 우주의 모든 자연을 시어로 풀어낼 수 있는 재능에 다시 한번 놀랐다. 사실 나와 시인 초우와의 만남은 같은 대학에 재직하고 있는 동료이기는 하지만, 소속된 학과도 다르고 연구실도 다르기에 만나기는 어려웠다. 물론 나는 오랫동안 논문지도나 학생들을 위한 다양한 책들을 많이 써 보기는 했지만, 시적인 표현, 함축된 언어인 시어를 빌려 삶의 애환을 표현하는 것은 이제까지 해왔던 논리적 글쓰기 습관이 있어 어려웠다. 그런데 집에 와서 전에 받았던 시인 문복희의 《나비의 기도》를 읽고 '왜 시인은 〈나비〉라는 시집을 내었고, 그토록 오랫동안 나비에게 마음을 빼앗겼을까?'를 다시 한번 생각하게 되었다.

나비가 우리에게 낭만적으로 느껴지는 이유는 나비의 고운 자태만이 아니라 예쁜 색깔 그리고 날갯짓 때문이다. 미국의 기상학자 에드워드 로렌츠가 제안한 '나비효과butterfly effect'라는 말도 그 이름이 너무나 낭만적이라 잊을 수가 없다. 나비효과는 브라질의 나비 한 마리의 날갯짓이 텍사스에서 토네이도를 일으킨다는 것인데, 사실 인생에서 시작할 때의 아주 작은 차이가 결과에서는 매우 큰 차이를 만들 수 있다는 내용으로도 해석된다. 물론 아주 작은 나비의 날갯짓을 허투루 보지 말라는 이야기로,

모든 사람의 인생에도 적용되는 말이지만 아주 시적으로 느껴진다. 이른 봄 가장 먼저 볼 수 있는 곤충의 하나가 '배추흰나비'다. 그래서 이른 봄 초등학교에 입학하자마자 배운 노래 중의 하나가 〈나비야〉라는 동요였던 것 같다. 하지만 꼬물꼬물 잎사귀 위에 사는 배추벌레가 나중에 공중을 훨훨 날아다니는 하얀 배추흰나비가 된다는 것은 상상도 할 수 없었다.

나에게 가장 인상 깊었던 나비는 〈패치 애덤스〉라는 영화에서 만난 나비이다. 주인공 헌터 애덤스는 개인적인 불행의 무게를 이기지 못하던 어느 날 자살을 시도하였지만, 그 꿈을 이루지 못하고 정신병원에 감금되어 의사의 행태를 바라보며 절망한다. 그러나 절망적인 상황에서 사람을 치료하는 의사가 되는 꿈을 갖고 의과대학에 입학하게 되었는데, 의사면허증 없이 치료행위를 한 것이 학교에 발각되어 의사협회에 고발된다. 그때 마침 자신이 사랑하던 연인 코린마저 정신이상자에게 살해당하자, 모든 것을 포기하기 위해 벼랑 끝에 선 패치는 한 마리의 나비가 자신의 가슴에 훨훨 날아들어 온 것을 보고 다시 삶에 희망을 갖게 된다. 그 나비는 연인이었던 코린이 큰 의미를 두었었기에, 그녀가 자기를 응원한다고 믿고 다시 한번 열심히 살아가야겠다는 용기를 얻게 된다. 그랬다. 나비는 우리에게 아름다운 꿈을 찾아 날개를 활짝 펴라는 암시를 주는 전달자였기 때문이라는 생

사는 것이 예술이다

각과 누구든 나비처럼 날개를 활짝 펴고 꿈을 찾아 날아올라야 할 때가 있다는 것을 알게 됨과 동시에 이것이 나에게 주는 희망의 메시지이기도 했다.

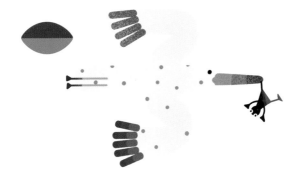

꿈을 찾아, 날개를 활짝 펴고

얼마 전에 서울외국어대학원 대학교 강의에서 한 여성 지도자를 만났다. 그녀는 이제까지 정말 다양한 일을 하며 살았는데, 이제는 자기 자신이 휴먼 플랫폼이 되고 싶다고 했다. 일반적으로 '플랫폼'은 flat편평한 + form모습으로, 사람들이 기차를 쉽게 타고 내릴 수 있도록 만든 편평한 장소를 말하는데, 휴먼 플랫폼은 사람과 사람의 만남을 연결해 주는 사람이 되고 싶다는 의미로 받아들이면서 나는 그녀에게 인간적 매력을 느꼈다. 최근 아주 다양한 책을 읽었는데, 그중에 세스 고딘의 《더 프랙티스》와 메튜 코트니의 《휴먼 클라우드》가 내가 앞으로 하고자 하는 일을 보다 구체화시켜 주었다. 휴먼 클라우드Human

사는 것이 예술이다

Cloud에서 클라우드는 하늘의 '구름'이 아니라 IT 용어로 다양한 인재들이 가진 지식, 재능, 기술에 대한 정보가 등록된 가상공간을 말한다. 이제 많은 사람들이 'Microsoft, Amazon, Google'이라는 기업에 대해 잘 알고 있는데, 이들의 공통점은 클라우드 플랫폼 서비스를 제공하는 회사라는 것이다.

우리가 흔히 쓰는 구글은 전 세계에서 가장 큰 검색엔진을 보유한 회사로, 구글 계정은 사용자의 계정과 연동성이 뛰어나 우리에게 이미 정보의 '신'이 되었다. 따라서 이제 온라인상에서도 '교육하고, 강사를 파견하고, 전문 자료들을 검색하여 자신만의 자료를 만드는 일이 가능'한데, 많은 기업들은 이미 새로운 클라우드, 플랫폼의 세계로 들어서게 되었다. 《더 프랙티스》에서 저자 세스 고딘은 혁신을 이룬 기업의 최고경영자CEO, 세계적인 석학, 유명 예술가, 전문직 종사자 등 각자의 분야에서 정상에 오른 사람들의 공통점은 '꾸준한 실행력', 즉 무엇인가를 계속해 왔다고 주장하고 있다. 그는 사람들에게 무엇인가를 '더 프랙티스, 실행하라'고 한다. 어떤 면에서 나도 늘 무엇인가를 '프랙티스'하고 있다. 나는 가끔 나 자신에게 "네가 가장 잘하는 것이 무엇이야?, 너는 인생의 마지막을 무엇을 하면서 맞게 될 것 같으냐?"라고 질문해 본다. 예측하기는 어렵지만, 나는 나 자신이 하는 일이 멋진 일이라고 확신하고 끝내는 모두 다 잘될 것이라고 믿고 생각하는 대로 행동하려고 한다. 나에게 영감을 불러 일으키는 '뮤즈', 그것은 바로 '나 자신'이다. 왜냐하면 '무엇인가 목표를 세우고 끝까지 해낼 수 있는 사람은 바로 나 자신이며, 내가 이렇게 활기차게 살아가는 것만으로도 많은 사람들에게 용기를 북돋우는 '최선의 방법'이라고 생각하기 때문이다.

무엇인가를 꿈꾸는 것은 젊은이만의 특성이라고 하지만, '꿈 이 있다는 것은 목표가 있다는 것'으로 젊은이의 것만은 아니다. 두 아이의 엄마이기도 했던 서른 살 나이에 대학원 진학의 동기 를 묻는 면접 교수에게 "아이들이 크는 동안 저도 커서, 아이들 이 다 크고 나면 내가 정말 하고 싶은 일을 하고 싶다."고 했던 기 억이 생생하다. 사람들은 세월 따라 성장하면서 그 시기에 맞는 꿈을 갖게 된다. 아이들이 어릴 때인 젊은 시절, 나의 꿈은 아이 들 잘 키우고, 어른을 공경하며, 남편에게 좋은 아내, 현명한 아 내가 되는 것이었다. 그러나 아이들이 성장하면서 나는 나를 살 아 숨 쉬게 한 사회 속에서 자아실현의 꿈을 꾸게 되었다. 이러 한 삶의 목표를 정하는 것도 나 자신이고, 그 목표를 향해 나아 가는 사람도 나 자신일 수밖에 없어, 나 자신의 정체를 확립하는 것이 중요하다. 특히 무엇인가를 열심히 하다 보면 기대보다 더 큰 결과가 나올 수도 있지만, 좋은 결과가 나오지 않더라도 꿈 을 가지고 행복하게 살 수 있는 것 자체로도 멋진 일이다. 나이와 관련 없이 나의 꿈 '휴먼 클라우드'로의 여정은 계속될 것이라 확신하고, 무엇인가를 해야 할 것 같아 지금 이 순간도 마음이 설레고 몸이 셀렌다.

내 인생은 내 생각의 결과

　　시니어들의 행복한 인생 2막을 응원하기 위해 설립된 라이나전성기재단에서 실행한 내 삶의 우선순위에 관한 설문조사 결과, 요즘 부모들은 결혼한 자녀의 집에 거의 안 간다는 응답이 30퍼센트였다. 그리고 세상에서 가장 소중한 존재는 나 자신이며, 그다음이 배우자, 자녀, 그리고 부모 형제라는 응답이었다. 그 이유는 백세시대에 이미 가정을 이룬 아들과 딸, 며느리나 사위의 독립된 삶을 인정하고 자신의 건강하고 행복한 삶에 더 집중하기 때문이라고 한다. 사실 내가 잘하고 즐길 수 있는 일만 있다면 나이는 숫자일 뿐이다.

　　유튜버인 박막례 할머니는 명실상부한 '유튜브 스타'이다. 가

사는 것이 예술이다

사도우미, 과일 장사, 식당 운영까지 50년 넘게 일하면서 2남 1녀를 키워낸 그녀가 툭툭 던지는 일상의 언어들이 젊은 층에게는 '위로'를, 그 위의 세대에게는 '위안'을 주기에 인기라고 한다. 그리고 먹방과 여행 콘텐츠를 선보이는 올해 80대 중반인 김영원 할머니는 국내 최고령 유튜브 크리에이터이다. 그런데 놀랍게도 시니어 유튜버들의 뒤에는 전자기기 사용에 능통하고 사회관계망서비스, 즉 SNS나 인스타로 세상과 소통하고 자신을 드러내기를 주저하지 않는 1980년대 초반~2000년대 초반에 출생한 밀레니얼 세대의 손자녀가 있다. 이들은 1980년대 맞벌이 가정이 증가하면서 조부모 손에 자란 세대들로, 부모세대와 다른 할머니의 역사를 새로 써 주고 있는 것이다.

할머니들만이 아니다. 《태백산맥》의 저자 조정래 할아버지도 그저 바라보기에도 아까운 사랑스런 손자와 친해지기 위해 고등학교 학생인 손자에게 논술 쓰기를 제안하여 논술 배틀의 결과인 책도 만들어 냈다. 이것이 바로 문화유전자이다. 인생의 황혼에 손자, 손녀와 즐겁게 잘 지낸다는 것은 하늘이 준 마지막 선물이지만, 아이들이 상급학교에 진학하게 되면 공부에 손주들을 빼앗기는 느낌이 드는 것은 비단 나만이 아닐 것이다.

내가 성장했던 산업화시대에 공부가 제일 쉽다는 사람을 제외하고 공부란 좋은 학교에 가고, 취직 잘해서, 돈 많이 벌어, 잘 살기 위해 하는 일종의 노동이었다. 즉, 힘들게 공부하면 좋은 삶이 보장되는 시대였는데, 지금은 꼭 그런 것은 아니다. 만들기를 좋아하는 일곱 살 손녀는 엄마에게 안 입는 옷을 달라고 하더니, 가위로 잘라서 요즘 연예인이 입는 드레스를 만들어 입고는 즐거워했다. 아마도 이것이 발전되면, 수영복을 만들어 입고서 사진을 찍은 다음 그 사진을 인스타에 올리고 주문받는 디자이너가 되는 것이다. 유튜브 최고경영자인 수전 워치츠키나 구글 CEO 선다 피차이가 먼저 만남을 희망하는 세계적인 '인플루언서'인 '박막례 할머니 Korea Grandma'는 현재 구독자 수 112만 명이 넘는 대형 채널이다. 그러나 처음 시작은 할머니가 치매 위험군이란 진단을 받자, 손녀 김유라 씨가 그 길로 회사를 그만두고 함께 호주 여행을 떠났고, 그 여행을 기록한 영상, 즉 할머니를 사랑하는 손녀의 마음에서 시작된 채널이 유튜브에서 '대박'을 터뜨리게 된 것이다. 결국 무슨 일이든 좋아서, 즐기면서 해야 하고, 다른 사람을 편안하게, 마음 따뜻하게 할 수 있는 것이 세계를 움직이는 힘이 된다. 이제 매일 '아침을 맞이하는 기쁨'을 품고 사는 것이 건강한 인생 후반전을 행복하게 사는 열쇠가 된다. 아직도 활기차게 활동하는 오팔세대는 '자신이 잘하고 즐길 수 있는 일'을 찾아 은퇴 없는 멋진 삶을 사는 것으로, 백세 넘어 백이십 세를 살아야 하는 젊은 세대들에게 새로운 인

생의 롤 모델이 될 수 있다

　힌두교의 옛 경전에는 "인간은 자기가 생각한 것과 같은 인간이 된다."라는 말이 있는데, 인류의 영적 스승인 석가모니는 "타인이 너를 무엇으로 생각하는지는 중요하지 않다. 스스로 생각하는 너 자신이 너의 모든 것이다."라고 말씀하셨다고 한다. 즉, 우리 존재 자체가 내가 생각한 것이라는 말씀이다. 한편, 마르쿠스 아울렐리우스는 "사람은 죽음을 두려워할 게 아니라 진정한 삶을 시작하지 못하는 것을 두려워해야 한다."라고 말씀하셨다. 즉, 인류의 위대한 스승들께서는 모두 우리들의 인생은 자기 스스로 자신의 사고에 의해 만들어진다고 말씀하셨는데, 나 자신을 돌아보면 현재의 나는 이제까지 생각해 온 나의 결정체이다. 결국 자기 자신의 인생의 주인은 자기이므로 자신이 선택을 해야 하는데, 이 주도권을 빼앗기게 되면 거의 대부분 소극적인 태도를 취하게 된다. 실제로 소극적인 마음가짐은 근심, 걱정, 두려움, 의혹, 반감, 자신에 대한 연민을 불러일으키게 된다. 그리고 이러한 태도는 자기에 대한 연민, 탐욕, 시기, 질투, 열등감에서 유발되므로, 생각을 선택하는 능력을 자유롭게 하고 싶다면 자신이 하는 생각 가운데 자신에게 이로운 것과 이롭지 못한 것을 적어보는 것이 좋다.

즐거운 생각은 생활을 즐겁게 하고, 불행한 생각은 불행한 삶을 만들게 된다는 생각이나, 사고의 마력을 입증하는 연구들은 많다. 여기서 출발한 것이 바로 긍정적 믿음의 효과, 즉 플라시보 효과이다. '플라시보'는 라틴어로 '내가 기쁨을 줄 것이다 I shall please'란 뜻을 가지고 있는데, 의사가 자신의 환자에게 가짜 약을 진짜 약이라고 말한 후 복용케 하면 가짜 약인데도 환자의 긍정적인 믿음으로 병세가 호전되는 것을 말한다. 미국의 교육심리학자 로젠탈은 샌프란시스코에 있는 한 초등학교에서 전교생을 대상으로 지능검사를 실시한 후 반에서 20% 정도의 아이들을 지능검사 결과와는 상관없이 뽑았다. 그리고 학기 초에 반배정이 끝나자, 담임선생님이 "우리 반은 성적 상위자들로 구성된 학급이라 선생님은 많은 기대를 갖고 있다."라고 말한 집단과 "너희들은 성적 하위집단이기는 하지만 우리 열심히 해보자."라고 말하며 3월 첫 학기를 시작하였는데, 이 두 집단의 학기말 시험 결과는 우리가 믿을 수 없는 정도의 차이가 났다. 결국 학생들에게 그들에 맞는 기대를 하고 잘할 수 있다는 믿음을 준다면 그 학생들은 그것에 맞는 결과를 낸다는 실험이었다. 바로 '믿는 만큼 성장한다는 로젠탈 효과 Rosenthal Effect'가 입증된 것이다. 그런데 인간은 동시에 여러 가지 일을 생각하지 못하므로 한 가지만 생각해서 실천하려고 노력해야 한다. 자기 자신의 삶의 질을

사는 것이 예술이다

좌우하는 것이 무엇인지, 내 마음속 정원을 탐색하여 잡초가 많다면 그 잡초를 뽑아 주어야 정원은 아름다운 꽃과 향기로 가득 찰 것이다. 자신의 마음의 밭, 마음의 정원을 이제부터 하나씩 정리해 보도록 해야 한다. 왜냐하면 바로 나 자신이 내 인생의 주인이며, 내 운명의 지배자이며, 나 자신만이 나 자신의 생각을 바꿀 수 있으므로, 자기 자신의 인생을 바꾸는 힘은 자신에게서 나오기 때문이다.

교육의 궁극적 목적은 심전개발心田開發이므로, 부모나 교사의 중요한 일은 어린아이들의 마음의 밭을 일구고 가꾸는 것이 핵심이라고 할 수 있다. 나는 오랫동안 학생들을 가르치는 자리에 있었던 사람이라 상담을 많이 하게 되는데, 그때 내가 할 수 있는 일은 "그랬었구나!", "그래, 맞아!", 아니면 "조금 더 나은 길이 없었을까?", "그것이 최선이었나요?", "그러면 어떻게 할래요?" 등으로 상대방의 말을 잘 들어주고, 긍정적 반응을 해주고, 생활에서 실천할 방안을 제시해 주는 것이다. 그러나 결국 마음을 변화시키고 생활과 태도를 바꾸는 것은 결국 그 사람 자신, 즉 당사자가 결정하는 것이다. 진정한 상담자의 역할은 내담자 스스로 자신의 생각과 태도를 바꿔 자신의 인생을 살아가기 위한 바른 선택과 행동을 할 수 있도록 돕는 조력자일 뿐이다. 인간에게 행복을 주는 것은 자기 자신이다. 행복하지 않다고 생각하는 사람은 상황이 아무리 바뀌어도 행복하기 어렵다. 나는 늘 내 생각대로 살아왔고, 그 결과 지금 무척 행복하다. 얼굴 가득 행복한 미소를 지으며 눈을 크게 뜨고 "난 참 행복하다."고 소리 내어 말하며 걸어보자. 분명히 달라지는 것이 있을 것이다. 내 인생은 바로 내 생각의 결과였다.

사 는 것이 예술이다

이것으로 좋다

　어젯밤에는 양재천을 산책하다 '순수이성비판'으로 유명한 철학자이며 물리학자였던 동상으로 존재하는 칸트를 만났다. 칸트는 키가 약 150㎝에 체중은 50㎏ 정도로 왜소했으며, 평생 독신으로 살면서 커피와 담배를 즐겼다고 한다. 그는 혼자 산책을 즐겼는데, 혼자 걷는 것을 좋아한 이유도 건강에 있었다. 동행이 있으면 어쩔 수 없이 말을 해야 하는데, 말을 하면 입으로 호흡을 해야 하고, 입으로 호흡을 많이 하면 기침이 나거나 감기에 걸리고, 목이 쉬며 폐에 이상이 생긴다고 믿었다 한다. 칸트는 규칙적인 시간표에 따라서 생활한 것으로 유명하다. 칸트는 사계절 내내 똑같은 산책로를 거닐었으며, 집으로 돌아온 뒤, 다시 연구에 몰두하였다가 밤 10시에 정확하게 잠자리에 들었다고 한다. 그러나 새벽 4시 30분이면 어김없이 일어나 공부를 하고, 강의를 하고, 점심 식사 때에는 언제나 손님을 맞이하여 다양한 주제를 놓고 많은 대화를 나누었지만, 오후 3시 30분이 되면 어김없이 산책을 떠났는데, 이때 이웃 사람들은 그를 보며 시계를 맞추었을 정도로 정확하고 규칙적이었다고 한다. 칸트는 1804년 당시로는 고령인 80세로 생을 마감하는데, 그가 마지막으로 "그것으로 좋다Es ist gut."라는 말을 남겼다고 한다. 그의 행복의 원칙은 누군가를 사랑하며, 희망을 가지고 무엇인가 일을 하는 것이라고 하는데, 이는 모든 사람에게 해당되는 이야기이다.

내가 여고 2학년 때부터 늘 마음에 담고 사는 시가 하나 있는데, 바로 윤동주 시인의 서시다. 시의 일부 중 "죽는 날까지 하늘을 우러러 한 점 부끄럼이 없기를, 잎새에 이는 바람에도 나는 괴로워했다. 별을 노래하는 마음으로 모든 죽어가는 것을 사랑해야지. 그리고 나한테 주어진 길을 걸어가야겠다."라는 구절은 내 인생의 지침이 되었다. 정년퇴직을 한 지금 나는 '나에게 주어진 길이 무엇일까?'에 대해 많이 생각한다. 내가 희망하기는 앞으로 길면 20년, 아니면 10년 정도는 정말 많은 사람들의 행복을 위해 살고 싶다. 특히 내 주변에 아직 커 나가야 할 제자들도

사는 것이 예술이다

많은데, 그들에게 힘이 되고 싶다. 이미 자리를 잘 잡았거나 모든 것을 갖춘 제자들이 지금까지도 일하는 나를 보면 안타까운 마음이 드는지 "이제 그만 일하시고 편하게 사세요."라고 권유하기도 한다. 그러나 나를 사랑해서 또는 나를 위해서 그렇게 이야기해 주는 것은 알지만, '그럼, 나는 앞으로 식물인간처럼 주어지는 햇빛과 바람으로 살라는 것인가?'라는 생각에 오히려 섭섭하다. 나는 마치 멈추지 않는 롤러블레이드를 타고 있는 것 같기도 하다. 그리고 일을 하고 있을 때나 힘이 들 때 오히려 성취감으로 더 행복하다. 내가 나이가 많다고, 은퇴했다고 "그만하시고 쉬시지."라는 말은 "이제 조용히 계시다 관에 들어가시지요."라는 말과 같이 느껴진다. 지금은 내가 가는 길에 혹시 넘어지지 않을까 걱정하기보다 "힘내라!"는 응원이 더 필요한 시점이고, 나로서는 용기 내어 다시 시작하기에 좋은 나이라는 생각까지 든다. 내가 교수로 부임하던 해에 학교 건물은 웅지관과 기술관, 이렇게 두 건물만이 있었는데, 해마다 건물이 하나둘씩 늘어나더니, 40년 세월이 지나자 지금처럼 커졌다. 재직 시에 나의 연구실은 나의 놀이터였고, 놀잇감은 책이었다. 물론 놀이터에서 어떤 놀이를 하며 어떻게 즐기는가는 사람마다 다르지만, 나는 사람의 마음을 키우는 놀이, 사람을 행복하게 만드는 놀이를 하고 있었다. 이제는 나에게 주어진 길이 무엇인지 모르고, 알고 싶지도 않다. 그냥 여러 사람과 함께 잘 지내다 언제라도 하늘의 부름이 있으면 가는 것이 나의 소망이다. 나의 가족이나 제자 그리고 나를 아는 모든 사람들이 "그렇게 하지 마세요." 또는 "교수님에게 무슨 득이 되겠어요?"라는 말보다는 "뜻이 좋으니 잘될 거야! 모두가 행복할 거야!"라는 말과 함께 그렇게 생각해 주기를 희망한다.

생명을 가진 자들은 누구도 피해 갈 수 없는 진리가 있다. 즉, "태어난 자는 모두 죽는다."는 것이다. 영생을 믿는 사람들조차 죽어야만 새로운 생명을 얻어 영원히 살 수 있게 되는 것이다. 그래서 이 인생의 겨울의 중요한 과업은 살아오면서 자신에게 상처를 준 사람들에게 화해를 청할 뿐 아니라 살아오면서 마음속에 쌓인 부정적인 감정들을 받아들이고, 주어진 삶의 한계를 기쁘게 받아들여야 하는 것이다. 인생의 계절에서 겨울을 맞는 자세는 모든 사람들의 삶의 이유를 "그래, 그럴 수 있지!"라고 받아들일 수 있어야 하며, "내가 산 세월이 참 좋았다. 모두 다 고맙다."라고 말할 수 있어야 한다. 그래서 가능하면 끝까지 웃음을 잃지 말고 인간이 할 수 있는 최고의 성취인 '존엄한 죽음'이 되도록 주어진 시간을 살아야 한다. 한 인간으로서 자신의 인생을 통합하는 계절인 겨울이 인생시계에서는 끝인 것 같지만, 우리는 알 수 없는 새로운 시작이 될 수도 있다. 칼 융이라는 심리학자는 '인생이란 결국 자기의 완성'이라고 보았다. 자기 인생을 다 살아내지 못하면 그것은 한恨으로 남는다. 삶에서 가장 쉽고도 어려운 일이 자기 자신이 되는 일이다. 다른 사람이 원하는 대로 사는 것은 거짓된 삶을 사는 것만이 아니라 자신의 인생이 아닌, 타인의 인생을 사는 아주 힘든 일이다. 살면서 마음에 걸림, 즉 "내가 이렇게 한번 해볼걸!" 아니면 "저렇게 해봤더라면!" 하는 '껄껄거리는 인생'을 살지 않도록 해야 하는데, 시간의 한계는 자신이 만드는 것이다. 사람마다 다른 행복의 기준이 있겠지만, 소소한 행복감이 생활 속에 스며들어 행복한 사람이 될 수 있다. 언젠가 제자를 만나 미래에 대한 이야기를 하던 중 "저는 나중에 어떤 사람이 되어 있을지 궁금해요."라고 하기에 "너무 고민하지 마! 네가 지금 하고 있는 일이 너의 미래를 결정하는 거는 것이야."라고 대답했던 기억이 난다. 나의 미래 역시 지금 내가 주로 하고 있는 생각이나 일에 의해 결정된다. 사람들의 미래는 자신이 하는 선택이나 주로 하고 있는 일에 의해 만들어지므로 오늘이 중요한 날이고, 지금 이 순간이 그 어느 때보다 중요한 것이다. 사실 내가 행복하게 사는 것은 우연이 아니라 행복을 가르쳐 준 아버지와 행복을 보여주신 어머니, 그리고 부족한 나를 따라주는 나의 형제자매, 그리고 무한정 내어주고 싶은 아들과 딸, 사랑스러운 손주들만이 아니라 오늘날까지 수십 년을 나를 스승이라 부르며 따라준 수많은 제자들과 함께하는 동안 내 머리끝부터 발끝까지 행복이 스며들어 있기 때문이다.

2009년에 선종하신 김수환 추기경님은 "삶이란! 우산을 폈다 접었다 하는 일이오. 죽음이란! 우산이 더 이상 펼쳐지지 않는 일이다."라고 말씀하셨는데, 나에게 죽음이란 더 이상 우산을 펴보려고 노력도 하지 않는 삶도 이미 죽음이라는 생각이 든다. 한편, 나는 나 자신에게 "너는 지금까지 네가 원하는 대로 잘 살았지? 이제 남들이 원하는 대로 살아 봐. 어차피 너는 가고 네 정신만 남을 거야! 언젠가는 그 모든 것도 다 사라지고 다음 세대의 일이 된다. 매일매일 정신의 에너지를 채운다고 많은 시간을 보내다 보니 신체 에너지가 고갈되는 것 느껴지지 않아? 마지막 순간까지 많은 사람들에게 행복한 삶을 이야기하다 가려면 자기 자신이 먼저 행복해야 한다."고 말한다.

'지금 이 순간'은 우리에게 주어진 최고의 선물이며 내가 진정으로 하고 싶은 일, 가슴 뛰는 일을 할 시간이 없다고 말하지 말고 나에게 주어진 시간은 모르지만 '자기 자신이 되는 길'로 나아가야 할 것이니, 시계를 들여다볼 필요는 없다. 지나간 시간들은 추억 속에 있고 아직 오지 않은 시간의 주인이 바로 나 자신임을 잊어서는 안 될 것이다. 인생의 답은 어디에도 없다. 모든 사람은 자신의 인생을 완성해 가고 있을 뿐이다. 태어난 모든 사람은 그 끝을 모르지만 죽어가고 있는 것이다. 그런 의미에서 오늘로 끝을 내고 싶은 사람도 있겠지만, 오늘 바로 이 시간은 병의 고통 속에 죽어가는 사람이 그렇게 원하고 원하던 소중한 하루임을 잊지 않으려고 한다. 그래도 나는 행복하기 위해 늘 쉬지 않고 공부하며, 누군가를 사랑하며, 희망의 끈을 놓지 않고 마지막에 "이것으로 좋다."라는 말로 인생의 끈을 놓을 수 있다면 더없이 행복할 것 같아서 나에게 주어진 길을 갈 것이다.

인생의 오후, 행복한 시간

이제부터 읽게 될 글의 내용은 2015년 10월 12일에 작성한 것으로 존엄치료의 하나인 '나에게 소중한 것을 소중한 사람에게 전하는 프로그램'에 참여하여 아홉 가지 질문을 주고받은 1시간 정도의 인터뷰 내용이다. 2024년 들어 다시 읽어봐도 나의 소중한 사람들에게 전하고 싶은 이야기의 내용에 변화가 없고, 다른 사람들과 공유하고 싶어 그 글의 전문을 남긴다.

내 인생에서 가장 기억에 남는 장면은 아직 20대에 연년생 두 딸을 낳아 기르던 그 시절이다. 그 시절 나는 아이들과 가정만을 위해 살고 있을 뿐, 나 자신을 위해 살고 있지 않다는 강한

사는 것이 예술이다

느낌을 받았다. 내가 나 자신이 없이 자식과 가정생활만을 위해 매일매일 똑같은 일을 하며 살아가는 것은 의미 있는 삶이 아니라는 생각이 들어 대학원 공부를 하기로 결심하였고, 그때의 그 선택이 지금의 나와 가족을 만들기까지 아주 중요한 선택이 되었기에, 그 시절은 나에게 가장 중요하게 기억된다. 물론 그 시절이나 지금도 나에게 가장 소중한 것은 항상 나의 가족이기에, 대학원 공부를 하며 일과 가정생활을 병행하면서도 항상 우선순위에 두었던 것은 가족이었다. 가족이 있기에 나의 성취가 의미 있는 것이라 생각하였고, 그만큼 나는 열심히 일하면서도 가정에 충실했다고 자신하며, 아이들이 잘 자라는 것이야말로 내가 가장 중요하게 생각하는 것이었다. 사실 나는 지금까지 살아온 인생에서 지금이 가장 생기 있고 반짝거린다는 생각이 든다. 직업, 배우자, 결혼, 육아 등 중요한 선택과 시작을 거듭해야 했던 20~30대에는 두려움도 많았었다. 그러나 자식들이 결혼하여 내 품에서 독립하고, 나는 아직 건강한 지금이 나로서는 가장 편안하면서도 활동력이 있는 시기이다.

나의 인생을 돌아보면 참 열심히 살아왔으며, 지금도 열심히 성공적으로 나이를 먹고 있다고 생각한다. 요즘 나는 지난 세월을 잘 살아왔다는 것만으로도 정말 행복하다. 새벽 2~3세 시에 일어나서 조용히 내가 읽고 싶은 책들을 읽으며 시간을 보낼 수 있는 여유도 정말 감사하다. 지금의 나를 보면 살다 보니 '내 인생에도 이런 여유로운 순간이 오는구나' 싶어 감사하다. 마치 가을에 농부가 추수를 마친 뒤 낟가리를 높이 쌓아두고 논 한 곁에서 미소 지으며 보고 있는 느낌이며, "지는 해도 아름답다."는 말에 공감되는 이 시간들이 조금 더 길었으면 좋겠다는 생각도 해본다. 나의 소중한 가족들에게 하고 싶은 말은 "어떤 어려움이 있어도 자기 것을 다 챙기면서 가라. 자기 것을 포기하면 안 된다."는 말을 해주고 싶다. 선택의 순간에서 무엇인가 하나를 포기하지 않고 끝까지 쥐고 가야 한다. 일과 사랑, 가정과 직장, 육아와 직업 등 두 가지를 모두 끌고 가기 어려운 힘든 상황이 닥치더라도 둘 중 하나를 포기하려 하지 말고 누군가에게 도움을 구해야 한다. 양가 부모님의 도움, 사회적 제도의 도움, 주변 사람의 도움, 아니면 돈의 도움이라도 받아 그 순간을 버텨 내었으면 한다. 사람들은 역할 간 갈등으로 힘이 드는 경우, 둘 중 하나의 역할을 선택하려는 양자택일을 고민한다. 예를 들어, 직장을 다니는 엄마들은 아이들이 아프거나 엄마를 많이 필요로 할 때 직장을 선택할지, 가정을 선택할지를 가지고 고민한다. 그러나 두 갈래 길에서 한쪽 길을 선택하면 항상 가지 않은 길에 미련이 남기 마련이니, 버텨보라고 말해주고 싶다. 내가 해봤기 때문에 "누구나 마음만 먹으면 해 낼 수 있다."고 이야기해 주고 응원해 주고 싶다.

사는 것이 예술이다

나는 포기하지 않았으며, 젊은 날의 내가 어떤 것도 포기하지 않고 끝까지 해낸 것에 대한 자부심과 자긍심을 가지고 있기에, 나의 가족들도 충분히 잘해 낼 수 있을 것이라고 믿는다. 인생을 살면서 한 개인에게 주어진 다양한 역할들은 어느 하나도 포기할 것 없이 함께 유기적으로 어우러져 기능하는 것이라고 생각한다. 자식이면서 부모의 역할을 하기도 하고, 직장인이면서 가족구성원의 역할을 해야 하는 것처럼, 모든 역할은 함께 다 중요하다. 내가 삶을 살아가면서 이룬 다양한 역할들은 나에게 모두 중요한 의미가 있는 것이다. 나는 딸, 며느리, 아내, 엄마, 학생이면서 교수, 사업가 등 많은 역할을 하며 살아왔다. 내가 이렇게 다양한 역할들을 수행할 수 있었던 것은 내 주변 사람들의 도움 덕분이었다. 나의 남편과 친정 부모님, 시부모님의 도움과 이해, 이종사촌 동생 성례, 아프지 않고 건강하게 자라준 아이들 등등, 모든 사람들이 지금의 나를 만들어 주었기에 '나의 성취와 성공은 나만의 성공이 아니라 모두의 것'이라고 할 수 있다. 이렇게 가족은 거미줄 엮이듯 모두 함께 엮여 어려움도 함께 이겨내고, 성취도 함께 이루면서 더욱 끈끈해지는 것이다.

　　나의 성취 중에서 가장 보람되고 자랑스러운 성취는 나의 자녀들의 성장이다. 다른 어떤 것보다도 자식들이 잘 자라서 모두 가정을 이루고, 성인으로서 각자의 자리에서 열심히 자신의 삶을 살고 있다는 것은 정말 뿌듯한 일이다. 나의 자녀들이 결혼을 해서 각 가정마다 아이를 둘씩 낳아 기르고 있다는 것은 나의 자녀가 부모를 이해하는 입장이 되고, 인생의 보다 많은 것을 배우며 성장하고 있는 것이라고 생각한다. 자식을 낳아 한 아이를 안고 또 다른 아이를 업고 걸으면서 나의 자녀들이 엄마를 보다 많이 이해하게 될 것이라고 생각한다. 사회적으로 인정받고 잘 자라준 나의 아이들… 나는 나의 세 아이들이 너무 자랑스럽다. 나의 사회적 성공은 나의 세 아이가 엄마와 떨어져서도 잘 버텨 주었던 시간이 없었더라면 있을 수 없는 것이었다. 엄마가 필요한 어린 자식들을 두고 일을 하면서 믿었던 것은 자식의 인생을 길게 보면, 어린 시절 같이 있어 주는 것만이 능사가 아니라는 것이었다. 나는 이전보다 더 앞으로도 계속 자식들에게 해줄 수 있는 것은 모두 다 해주려고 한다. 어차피 빈손으로 가는 인생, 어린 시절 엄마를 기다리면서 참아준 것 이상을 엄마로서 줄 수 있는 것은 다 해주고 가고 싶다.

소중한 나의 자녀들에게 꼭 해주고 싶은 말은 '인생을 매 순간에 충실하고 매 순간을 즐기라'는 것이다. 어렵지 않은 것 같지만, 젊을 때는 모르고 살기 쉽다. 그때그때 자신에게 주어진 순간을 소중하게 생각해야 할 필요가 있다. 젊은이들은 미래를 위

사는 것이 예술이다

해, 또는 나중을 위해 많은 것들을 참고 견디며 오늘을 살아간다. 그러나 없을 수도 있는 것이 미래이므로 매 순간을 즐기고, 매 순간 서로 옆에 있는 사람에게 감사하고 잘해야 한다. 미래를 위해 나의 성취에만 집중하고, 친구나 동료들과 시간을 보내고 있는 동안 정작 나와 같은 시간을 보내고 있는 가족이나 자녀들에게 소홀할 수 있다. 미래가 되어, 나중이 되어 가족과 아이들을 돌아보면 소중한 것은 내 곁을 떠나거나 내가 필요하지 않을 수 있다. 그런 실수를 하지 말아야 할 것이다.

나의 소중한 사람들에 대한 희망과 바람이 있다면 '어디에서든 자신이 가진 역량을 충분히 발휘하라'는 것이다. 이것은 성공하라고 말하는 것이 아니다. 내가 무슨 역량을 가지고 있는지를 발견해서 어떤 일이든, 무슨 일이든 그 부분에 최선을 다하기를 바라는 것이다. 또한 내가 인생으로부터 배운 것이 있다면 '남을 먼저 배려하라'는 것이다. 살아보니 내가 준 것은 반드시 나에게로 다시 돌아온다는 것을 느낀다. 받고 싶다면 먼저 베풀고 도와주는 삶을 살아야 한다. 계속 손에 움켜쥐지 말고 자꾸 나누어주면 다시 돌아온다는 것을 경험했으면 한다. 받기만 하는 삶을 살지 말고 계속 나누어주는 부자로 살았으면 한다. 자녀들에게 할머니들이 알려주신 것들도 전해주고 싶다. 나의 시어머님께서 살아생전에 해주셨던 말씀은 "인생을 살아가는데 한 가지 기쁨을 얻기 위해서는 다섯 가지 수고를 해야 한다."는 것이었고, 돌아가신 나의 친정어머니께서 해주셨던 말씀은 "힘든 일도 모두 다 지나간다."는 말씀이셨다. 나의 자녀들도 이를 기억해 주었으면 한다. 더 해주고 싶은 말이 있다면 그것은 "소중한 것은 자신의 안에 있다."는 것이다. 행복을 다른 곳에서 찾지 말았으면 한다. 남들과 비교하지도 말고, 다른 사람의 기준을 따르지도 말고 자기 자신이 허용하는 범위에서 소중한 것과 행복을 찾았으면 하며 '내 삶은 내가 만들어 가는 것'이라는 것을 기억했으면 한다. 내가 어떤 생각을 가지고 있는지가 내 인생을 만든다는 것을 잊지 말고, 주문을 걸듯 자신의 생각을 말로 옮기고 그 말을 행동으로 옮겨 실천하면서 살아야 한다. 그렇게 할 때 자기 자신의 인생에 주인으로 살아갈 수 있을 것이라 믿고 기억해 주기를 바란다.

나는 33세에 교수가 되어 66세에 퇴직을 하게 된다. 그러고 보니 33이라는 숫자가 내게 의미가 있는 숫자인 것 같아서 더 큰 바람이 있다면 나는 33년을 더 살았으면 한다. 처음 서른셋은 인생을 준비하면서 보낸 33년 이었고, 두 번째 33년은 아이들의 엄마로, 또 직업인으로 열심히 촌음을 아껴가며 살았던 시절이라면, 이제 다가오는 33년은 재능기부로 강의도 다니고 글도 쓰며 나와 가족만이 아닌 사회를 위해 살며 지내고 싶다.

제3부

행복하게 살기

행복해질 용기

지난 여름, 아주 더운 날, 손자 손녀가 주말이라 물놀이를 하겠다며 물총을 가지고 집에 놀러 왔다. 사촌간에 만나 놀이터에서 재미있게 놀다 왔는데 옷이 다 젖었다. 나는 아이들에게 '젖은 옷을 벗고 새 옷으로 갈아 입으라'고 했다. 초등학교 다니는 큰 손녀가 이제 두 돌이 지난 사촌 동생에게 '내가 도와줄게' 하면서 옷을 벗기려 하는데 동생이 고개를 쌩 돌리며 '엄마' 하며 제 엄마를 부른다. 그럼에도 큰 손녀는 '아이, 우리 동생 착하지! 이렇게 젖은 옷은 벗고 깨끗한 옷으로 갈아 입어야 엄마가 예쁘다고 하시지'라고 말을 하는 것이다. 그런데 큰 손녀가 언니라고는 하지만 이제 여덟 살 초등학교 1학년이다. 그런데 제 사촌동생을 '착하지, 예쁘지'라는 말로 어르고 있는 것이다.

'착하다'의 사전적인 의미를 찾아보면 '언행이나 마음씨가 곱고 바르며 상냥하다'라고 나온다. 사람의 마음씨나 행동이 사회 규범이나 도덕에 어긋남이 없이 옳고 바르다는 말은 아이들이나 아랫사람에게 하는 말이다. 만일 다 큰 사람에게 '착한 사람'이라고 한다면 그 속에는 '존재감 없는 사람', '어수룩한 사람', '딱히 특징이 없는 사람', '손해 보며 사는 사람', '순종적인 사람'을 의미하기도 한다. 이처럼 '착하다'라는 평가는 다양하게 사용된다. 그런데 최근에는 착한 가격, 착한 여행, 착한 밥상, 심지어 착한 몸매까지 어디에 붙여도 어색하지 않을 만큼 수많은 말과 글에 사용되고 있다. 우리는 주로 '어른의 말을 잘 듣는 것은 착한 것, 좋은 것이고 어른의 말을 안 듣는 것은 나쁜 것'으로 규정한다. 아이들의 경우 말을 잘 듣는다는 그 말이 맞는다고 생각해서 행동하는 것이 아니라 '착한 사람으로서의 이미지'를 유지해야 한다는 생각으로 행동하는 것이다.

최근에는 '착한 아이 되고 싶지 않아요!'라고 말하는 아이들이 나타나고 있다. 나는 놀라서 왜? 착한 아이가 싫어? 라고 물어보니 그 이유는 착한 아이는 동생도 봐야 하고, 숙제도 빨리해야 하고, 심부름도 해야 하니 착한 아이가 되고 싶지 않다고 말하는 것이다. 즉 착한 아이 증후군good boy syndrome은 다른 사람

특히 어른의 말을 잘 듣는 착한 사람이라는 생각이 강박이 되어 버린 아이들에게 나타나는 현상이다. 만일 어른이나 자신에게 의미있는 사람들에게 '착하다'라는 소리를 듣는 아이들은 계속적으로 '착한 아이'가 되기 위해서는 자기 자신의 내면의 욕구나 소망을 억압하는 행동이나 말을 반복해야 하므로 바람직한 것은 아니다. 그래서 그런지 '착하다good'는 말이 칭찬이 아닐 때가 있다. 착하다는 말이 '부리기 쉽다, 멍청하다' 처럼 사용되는 경우이다. 즉 사람이 '착해'라고 말하는 경우 그 사람은 다른 사람에게 피해를 준 적이 없으며, 앞으로도 피해 줄 가능성이 없다는 것을 의미한다. 즉 내 부탁을 잘 들어줄 것 같거나, 내 마음대로 할 수 있고, 어떤 식으로든 내게 이익이 될 것 같은 경우에 '사람이 착하다'라고 말하기도 한다. 어른들은 주로 어린애나 여자들에게 '착한 사람이 되라'라고 말을 많이 한다. 착한 사람은 다른 사람의 눈치를 봐야 하고, 그들이 하는 말을 다 믿어야 하며, 다른 사람들의 요구에 순응해야 한다. 특히 '착한아이 콤플렉스나 착한 아이 증후군'이 있는 아이들은 어른의 요구를 쉽게 거절하지 못하기에, 어린이 유인 범죄에 쉽게 넘어갈 수도 있다. 성인이 되어서는 타인의 기대에 어긋날 것에 대한 걱정이 많아 겉으로 보기에 바른 생활을 하는 것 같지만 이는 심리적인 문제를 일으킬 가능성도 있다.

만일 아이들이 너무 말을 잘 듣고 순종하는 '착한 아이'라면 그 아이의 내면을 살펴볼 필요가 있다. 그 이유는 착한 사람들은 다른 사람의 욕구를 다 맞추다가 자기 자신의 본연의 느낌이나 욕구는 억압되어 내면은 위축되고 우울할 수 있기 때문이다. 심지어 그렇게 오래 지내다 보면 자신의 내면의 욕구가 무엇이었는지 모르게 되고 자기 자신만의 좋고 싫음의 판단 기준조차 세울 줄 모르는 사람이 될 수도 있다.

최근에는 가요, 예능 프로그램할 것 없이 나쁜 남자 혹은 나쁜 여자가 많이 등장하지만 거부감이 별로 없다. 오히려 이들 중에는 자칭 혹은 타칭 '나쁜 남자, 나쁜 여자'라는 평가를 흡족해하며 즐기고 있는 경우도 많고 대중매체에서 '나쁜 남자' '나쁜 여자'는 '매력적인' 또는 '자신을 사랑할 줄 아는 사람'의 다른 표현으로 씌여지고 있는 경우도 있다.

실제로 '나쁜 남자' 들은 자신의 의사를 분명하게 하고, 타인의 부탁을 무시할 수 있으며, 다른 사람의 말이나 행동에 쉽게 상처받지 않으며, 자신의 감정에 충실해서 기분이 나쁘면 나쁘다고 말할 수 있는 사람이기에 매력적으로 보일 수도 있는 것이다. 나는 이런 나쁜 남자나 나쁜 여자가 갖는 매력에 심취하는 사회는 어쩐지 염려스럽다. 여기서 다시 한번 '지나침은 모자람만 못하다과유불급, 過猶不及'라는 말이 명언임을 생각한다. 인간관계를 수

직적인 관계로 생각하고 모두가 경쟁하게 되면 승리하는 사람도 나오지만 패배하는 사람도 있기 마련이다. 부모자녀 관계도 마찬가지이다. 부모가 아이와 대등한 수평관계가 아니라 수직관계를 형성하게 되면 장기적으로 볼 때 아이와 부모 모두에게 해가 된다. 그 이유는 우리가 아이를 양육하는 궁극적인 목표는 심신이 건강한 성인을 만들어 이 사회에 내보내는 것이다. 따라서 어린 시절에는 부모의 보호가 필요하기에 문제가 별로 없지만 부모의 보호가 더 이상 필요 없게 된 시점에도 아이가 자립을 하지 못하고 부모의 보호를 요구하고 의존하려 한다면 자녀 교육은 실패한 것이다.

인간은 자신이 속한 가족·학교·직장·사회 등 속해 있을 뿐 아니라 모든 집단, 과거·현재·미래의 인류, 나아가 지구를 포함한 우주 전체가 공동체이며 이 속에서 살아간다. 그런데 아이가 가정이나 학교에서 자신이 있을 곳이 있고 공헌할 수 있다는 감각을 가질 수 있다면 더 큰 공동체에 대해서도 마찬가지로 소속감과 공헌 감각을 가질 수 있게 될 것이다. 그런데 부모의 칭찬에 의존하여 성장하는 아이는 인간관계를 수직적으로 생각하는 데 길들여져 언제나 타인의 기대에 의존하게 된다. 상대방을 나와 대등한 존재로 본다면 원하지도 않는 간섭이나 도움의 손길을 내밀지 않게 된다. 성인들도 타인에게 잘 보이기 위해 노력하지 않아도 될 때 편안해지는 것처럼 아이들도 부모나 어른에게 잘 보이려고 노력하기 보다는 '있는 그대로의 자기 자신을 받아들일 수 있을 때'부터 행복해질 수 있다. 우리는 언제나 부모나 선생님 기타 어른들로부터 '무언가에 목표를 정하고 거기에 도달하도록 요구받으며 자랐으며 '00처럼 잘하라'라는 격려나 '00처럼 성공해야 한다'는 말을 들으며 성장하게 되는데 이처럼 자기 자신이 가진 그 무엇을 발현하라는 격려보다 남이 가진 것을 목표로 하면 이뤄지기가 어렵다. 교육은 무엇을 성취하거나 누구처럼 되도록 가르치는 것이 아니라 '타고난 저마다의 소질을 계발하여 끝내는 자기 자신으로 살아갈 수 있도록 돕는 것'이어야 한다. 만일 성격이 소심하다고 하면 '성격이 소심하기보다 늘 다른 사람을 배려하는 사람'으로 자기 관점을 바꿔야 한다. 이것이 자기수용이며 우리는 자신을 성장시킬 수 있는 것이다.

인간은 주변의 사람들과 무언가를 주고받으며 살아가는데 만일 받기만 한다면 스스로 초라하게 생각하게 되므로 잘 살기 어렵고 다른 사람에게 베풀거나 남에게 받은 것을 돌려주면서 살아야 행복해진다. 타인에게 또는 사회에 무언가를 해주는 것만이 공헌이 아니라 우리의 존재 자체가 타인과 사회에 대한 공헌이 되는 것이다. 마치 나의 아이가 잘 살고 있는 것 만으로도 기쁨이 되는 것처럼 나의 친구들에게 내가 있음으로 즐거운 시간을 함께할 수 있는 경험으로도 충분하다. 우리 인간이 어떻게 하면 행복하게 살아갈 수 있을까에 대해 일본의 심리학자 기시미 이치로는 아들러 심리학을 만나라고 권한다. 인간은 태어나면서부터 열등감을 느끼고 이러한 열등감을 극복하기 위해 분투하면서 발전을 이뤄나간다고 주장하는 아들러는 우리가 행복하지 못한 이유는 '모든 사람에게 사랑받고자 하기 때문'이라고 주장한다. 만나는 모든 사람에게 사랑과 인정을 받으려 하고 언제나 타인의 인정을 원하는 삶은 자신이 자유롭고 주체적으로 살아가기 어렵다. 이때 필요한 것은 '착한 사람'보다는 '미움받을 용기'와 '평범해질 용기'이며 이는 행복해질 용기이기도 하다. 내가 행복한 삶을 살기 위해서는 자신의 삶을 살아야 할 용기가 필요하다.

살아있다면 '병'은 선물

사람들은 살아가는 동안 '괜찮아, 다 좋아질거야'라는 말이나 생각이 필요한 순간이 있었을 것이다. 사실 나도 10대 시절엔 나에 대해 잘 몰랐다. 나의 적성이 문과인지 이과인지도 모르고 수학 선생님이 좋아 이과를 선택했는데 대학은 문과를 전공하게 되었다. 청소년 시기는 대부분 다 이렇다. 심지어 대학 입시를 앞에 둔 고3 시절, 담임선생님이 내가 공부하는 것을 보시고는 '너는 맨발 벗고 뛰어도 저 친구를 못 따라 갈껄?'이라는 말씀을 하실 때 공부를 그만두고 싶은 적도 있었다. 졸업 후 그때 왜 그러셨는지 여쭤보니 '기억은 잘 안나지만 다, 너 잘하라고 그랬을 것'이라고 말씀하셨지만 그 말은 더욱 더 나를 부끄럽게 하였다. 그러나 그 모든 길을 지나 지금 여기까지 온 것이다. 그중 어느 것도 소중하지 않은 것은 없다.

많은 사람들이 좋아하는 진주는 아픔과 고통을 통해 탄생된다. 진주조개가 잠깐 입을 벌리고 먹이를 찾는 동안 아주 작은 모래알이 조갯살로 파고들어 부드러운 조갯살을 찢게 된다. 이때 조개는 자기 몸속에 들어온 작은 모래알인 이물질을 감싸기 위해 수없이 자신의 고통의 눈물인 분비물로 모래알을 싸고 돈다. 이렇게 해서 빛나는 진주 한 알이 탄생되는 것이다. 물론 모든 조개가 진주를 품지는 않듯이 고통이나 아픔으로 좌절하고 쓰러지는 사람도 있지만 삶의 고통과 시련을 통해 빛나는 삶을 만들어 가는 진주 같은 사람도 있다. 인간의 삶도 이와 크게 다르지 않아 병이란 사랑 없는 생활방식이 오랜 시간 겹겹이 쌓인 결과로 일어난다는데 나는 예전이라면 이미 고려장이라도 했을 나이가 되니 병도 다르게 보인다. 확실한 것은 생활, 삶을 사랑하고 즐기는 쪽으로의 전환이 필요하다는 생각이 든다.

2017년 퇴직 후 첫 번 새해를 맞던 날 나이가 드니 '참 좋다'라는 생각을 했다. 친정이나 시댁의 어르신 모두 하늘로 가시고, 아이들도 다 출가를 하여 각기 살림을 잘 살고 있으니 '참 좋았다' 나처럼 이런 생각을 했고 이를 시로 탄생시킨 작가가 있다. 바로 토지의 작가 '박경리' 선생님이다. 선생님의 작품 중에 '옛

날의 그 집'이라는 시가 있다. 그 싯귀절 중에 "모진 세월 가고, 아아 편안하다 늙어서 이리 편안한 것을, 버리고 갈 것만 남아서 참 홀가분하다" 라는 소절이 바로 나의 심정이었다. 나이 들고 보니 남에게 피해되지 않을 정도로 깨끗하고 보기 싫지 않게 치장하면 되니 예쁠 필요도 없고, 이제 여자 노릇할 필요도 없고, 직업이 없어도 내가 쓸 만큼 연금도 나오기에 나 하고 싶은 것만 하면 되니 '참 좋다 '하는 말을 입에 내어 말했다. 이것이 입방정이라는 것이다. '참 좋다'라는 말을 한 그날 오후 책정리를 하기 위해 올라간 의자 위에서 떨어지는 사건이 생겨 뇌출혈로 입원한 후 곧이어 다른 질병이 있다는 판명이 났다. 다른 사람들이 힘들다고 말하는 암이었다. 서너 시간을 걸리는 수술을 받고 거의 6개월에 걸친 항암과 방사선 치료과정을 보내느라 그해 이른 봄꽃부터 짙푸른 녹음까지 화려한 계절, 나는 모처럼의 휴식, 선물을 받았다. 마음고생 몸 고생한 사람은 내가 아니라 가족들과 의료진이었다. 나는 수술 후 많이 걸어야 한다는 의사의 지시에 따라 매일 공원을 산책하면서 찬란한 계절과 생명과 삶의 아름다움을 만끽하였다. 정말 나에게 이런 시간이 주어진 '병'에 감사했다. 이때, 난 박경리 선생님의 시 "삶"을 떠 올렸다.

"대개 소쩍새는 밤에 울고 뻐꾸기는 낮에 우는 것 같다.

사는 것이 예술이다

풀 뽑는 언덕에 노오란 고들빼기 꽃,

파고드는 벌 한 마리

애달프게 우는 소쩍새야, 한가롭게 우는 뻐꾸기,

모두 한 목숨인 것을 (중략)

우리 모두가 함께 사는 곳, 허허롭지만 따뜻하구나,

슬픔도 기쁨도 왜 이리 찬란한가 !"

이 시의 전문이 내 가슴에 와 닿게 된 것은 오로지 병 때문이었다. 생명이 얼마나 찬란하고 아름다운지, 내 주변에 있는 사람들이 모두 얼마나 소중한지, 내가 앞으로 무엇을 하고 살아야 하는지가 어렴풋하게 윤곽이 드러나는 것을 깨닫게 된 것은 정말 큰 선물이었다. 그러면서 나에게 온 병이 남은 인생에 과연 어떤 의미가 있을까? 를 생각하게 되었다. 고통이 사람을 병들게 할 수도 있고 반대로 깨달음을 얻어 차원 높은 인생을 살아가는 사람도 있다고 하는데 나는 '앗, 나에게 기회가 주어지는구나'라는 생각도 들었다.

사실 나의 어린 시절 꿈은 소설가였다. 그런데 나는 가난하지도 부자도 아닌 집에서 태어났으며 다정하고 성실한 부모와 함께 너무 순탄하게 자랐다. 이미 작가가 되기는 어려운 환경이었다. 작가들의 인생을 보면 정말 고통의 세월을 보낸 사람이 많다. 내가 존경하는 작가의 한 사람이 바로 2008년 작고하신 박경리 선생님, 지금 러시아 상트페테르부르크 국립대학교 내 현대조각 정원에 '박경리 동상'까지 세워진 세계적인 작가이다. 박경리 선생님의 삶은 '토지'의 대하 사극 그 자체다. 혼자 고향을 떠나 수 십년을 글만 쓰는 작가의 삶을 보면서 소설가나 작가가 되는 것은 아무나 하는 것이 아니라는 생각을 하게 된다. 심지어 부모, 남편, 사위, 아들을 잃은 고통과 나라 없는 설움, 한국전쟁을 모두 다 눈에 담고 가슴에 담아야 했던 작가의 가슴속 슬픔은 찬란하게 소설 속에서 빛이 났다. 그런데 나는 실연의 아픔조차도 한번 체험하지 못했는데 내가 어떻게 남의 고통을 위로하는 작가가 될 수 있을까? 나는 작가가 될 수 없다고 생각했다. 작가는 고통, 고난, 아픔, 상처를 아물도록 하는 삶의 연마 과정 속에서 인간의 향기를 지켜내는 보석 같은 반짝임이 드러날 수 있다. 그런데 이제라도 '살아있는 모든 것들은 아름답고, 살아있는 모든 생명은 햇빛만큼 찬란하다'는 것을 생각이 아니라 체험으로 알게 되었으니 지금 체험한 질병은 앞으로 살아 있는 동안 내 삶의 큰 선물이 될 것이다. 어둠이 깊을수록 별은 빛나며, 별도 달도 지고 나면 해가 뜨는 것이 자연스러운 것처럼 우리의 인생도 어둠 뒤에 반드시 태양이 떠오르며 병에 걸렸었더라도 살아있다면 그것은 선물이다.

사는 것이 예술이다

그냥 웃자, 행복해진다

영유아를 비롯한 아동들에게 언제 행복한지를 물었더니 '친구가 웃겨서, 놀이가 재미있어서, 노래가 재미있어서' 등과 같이 자신의 마음이 즐거운 상태나 자기 스스로 '만족감을 주는 놀이나 활동에 참여'할 때 행복을 느낀다고 말한다. 아이들은 자신의 눈에 보이는 세상은 언제나 새롭게 느껴져 쉴 새 없이, 자발적으로 자신의 신체를 움직여 보고, 느끼고, 알아가면서 끊임없이 웃고 긍정적인 정서를 표출한다. 특히 친구와의 관계는 어린아이들의 모든 즐거움의 배경이 되며, 어린 시절 겪은 경험들은 이후의 전반적인 삶의 질이나 삶의 방식에 영향을 주게 되므로 아주 중요하다.

아이들이 부르는 동요 중에 '성난 얼굴 찡그린 얼굴 싫어요 싫어요 싫어요, 웃는 얼굴 밝은 얼굴 좋아요 좋아요 좋아요 정말 좋아요'라는 노래가 있다. 밝은 표정을 지어야 하는 이유는 찡그린 얼굴 표정이나 화난 얼굴 표정은 상대방에게 그와 유사한 감정을 전달하기 때문이다. 예쁜 미소, 밝은 얼굴 모습은 자신만이 아니라 주변 사람도 즐겁고 행복하게 한다. 그래서 감정은 전염된다고 한다. 부모나 아이를 대하는 주변 어른들의 표정이 모두 밝고 미소로 가득 차 있다면 이 아이는 행복한 인생의 출발을 한 것이다. 최근 이런 속설들에 대한 과학적 근거가 제시되고 있다. 독일의 심리학자 프리츠 슈트라크_{Fritz Strack}는 집단을 둘로 나누어 의도적으로 웃는 표정과 무표정한 표정을 만들 목적으로 두 집단 모두에게 연필을 입으로 물고 있게 했다. 그 후 한 집단은 입으로 문 연필 끝을 앞으로 향하게 한 뒤, 입술을 오므리고 있게 하였다. 자연스럽게 무표정한 얼굴이 되었다. 다른 한 집단은 입술이 서로 닿지 않게 연필을 물고 있으라고 지시했는데 입술이 서로 닿지 않게 하려면 입을 벌려야 하기에 자연스럽게 웃는 표정이 되는데 이는 마치 웃고 있는 것처럼 보였다. 그리고 그 상태에서 두 그룹 모두에게 만화를 보게 한 후 만화가 얼마나 재미있었는지를 물었다. 그 결과, 놀랍게도 자신은 몰랐지만, 미소를 짓고 있는 것처럼 보이는 집단이 그 만화를 훨씬 재미있게 느꼈다는 결과가 나왔다. 결론은 의미 없이 지은 미소가 자신도 모르는 사이 자신의 기분에 영향을 주기에 재미있지 않아도 밝은 미소를 짓고 있으면 우리의 뇌는 그에 적합한 감정을 만들어 낸다는 것이다. 웃음이 건강에 좋다는 것은 이미 많이 알려져 있다. 그래서 '웃음이 가장 좋은 의사'라는 말까지 있을 정도다. 우리가 웃을 수 있는 것은 우리의 뇌에 웃을 수 있는 회로가 별도로 있기 때문이다. 우리는 다른 사람이 웃는 것을 보면 저절로 따라 웃게 되는데 인지신경과학자 소피 스콧Sophie Scott의 연구에 따르면 웃음소리만 들어도 우리의 뇌는 웃을 준비를 한다고 주장한다. 그 이유는 뇌의 웃음 회로에서 빼놓을 수 없는 것이 바로 미러 뉴런mirror neuron이라는 것이다. 미러 뉴런은 어떤 특정 동작을 할 때 뿐만 아니라 동작을 보거나 소리를 들을 때도 함께 활성화되는 뉴런이다. 특히, 시각과 청각관련 미러 뉴런은 웃음과 긍정적 감정의 전염성을 설명해 준다. 1990년대 후반부터 웃음에 대해 연구해온 메릴랜드 대학의 로버트 프로빈Robert Provine에 따르면 웃음은 유머나 개그에 대한 본능적인 신체반응이 아니라 사회적인 상호작용과 밀접하다고 한다. 사람은 혼자 있을 때보다 다른 사람들과 함께 있을 때 30배가량 더 웃는다. 대화에서 웃음이 터져 나오는 순간의 말은 실제로 웃기는 말이 아닐 때가 많다. 고작 15퍼센트 정도만이 농담에 해당한다. 사람은 웃기는 말과 상황에도 웃지만, 그보다는 다른 사람과 대화를 나누고 서로를 연결하는 감정적 배경을 만들기 위해 웃는 경우가 많다. 행복하고 싶으면 좋은 사람들과의 관계를 지속해야 하는데 그 이유는 혼자 웃기는 어렵지만 타인을 만나면 긍정의 미소를 보내야 할 일이 많기 때문이다.

1989년 프리드 박사 연구팀은 16세 소녀의 간질 발작 부위를 찾기 위해 전기 자극을 가하던 중 특이한 현상을 접했다. 좌측 전두엽의 특정 부위를 자극하면 어떤 상황이든 웃는 "웃음보"를 발견한 것이다. 이 영역은 운동을 계획하고 실행하는데 데 중요한 역할을 하는 곳으로 우리가 웃게 되면 우리 몸의 근육과 뼈가 움직이는 효과를 나타낸다고 한다. 그래서 웃음이 운동 효과도 있다고 하는 것이다. 놀라운 것은 뇌는 외부로부터 오는 정보처리를 담당하는데 웃음도 하나의 정보로 받아들인다. 사람들이 웃으면 뇌는 '지금 나는 너무나 즐겁다'라고 인식하게 되고 이에 적합한 세로토닌과 같은 긍정적 신경전달물질들을 방출하게 된다는 것이다. 억지로 입꼬리를 위로 올리기만 해도 뇌는 주인님이 웃으시나 보다 하고 그에 따른 신체와 감정의 변화를 준비한다고 하니 오늘도 이유 없이 입꼬리를 올리며 웃어보는 것도 의미 있는 일이다. SBS 스페셜, 웃음에 관한 보고서 -"성공한 사람은 역경을 웃음으로 이겨낸다" 편에서는 줄리아 로버츠나

사는 것이 예술이다

귀네스 팰트로와 같은 배우처럼 매력적인 미소로 바꾸기만 해도 우리 인생이 바뀌게 된다고 하였다.

그런데 우리 아이들은 행복하냐의 여부보다 아동학대가 더 큰 문제가 되고있는 것이 현실이다. 특히 최근 5년 통계를 보면, 아동학대는 2017년 2만 2,367건에서 매년 증가 추세에 있다. 더 놀라운 사실은 아동학대 행위자가 부모인 경우가 부모가 83.7%를 차지하고 있다. 2021년 1월 민법상 부모의 징계권 폐지에도 불구하고 가정 내에서 훈육이라는 명목으로 부모에 의한 체벌이나 폭언 등이 이뤄지는 경우가 많다고 할 수 있다.

최근에는 유아나 초등학교 저학년생조차 가족이나 또래 친구들과 어울리기보다 여러 유형의 사교육으로 내몰리는 환경에 있으며 부모나 어른들이 학업성적을 우선하기에 아이들은 학업 스트레스를 많이 받고 있다. 특히 부모들은 아이의 미래 성공과 행복을 위해서라며 자신의 아이를 학대인 줄 모르고 학대를 하는 경우가 많다. 더 근본적인 문제는 어린 아동들을 어른과 다름없는 독립된 인격체라는 사실을 간과하고 있는 것이다. 특히, 코로나19 이후 아이들의 우울증이 계속 늘고 있는데 친구들과 소통하며 자신의 에너지를 발산할 수 있는 환경을 마련해 줄 필요가 있다. 이런 상황에 놓여진 부모들 역시 사회적 경제적 문제로 스트레스가 높을 수 있지만 아이들의 행복을 원한다면 부모부터 행복해야 한다. 그런데 행복을 너무 어렵게 생각하지 않아야 한다.

할머니나 할아버지들에게 '행복이 뭐예요?'라고 물으면 대부분 '식구들이 화목하고 건강하면 그게 행복이지!'라고 대답하실 것이다. 그러나 화목과 건강은 행복의 조건이지 행복 자체는 아니다. 사람들은 흔히 '행복의 조건'과 '행복'자체를 혼동하는데 거듭 말하지만 행복은 '마음이 즐거운 상태'이다. 다시 말해 즐거운 마음이 행복인 것이다. 따라서 돈이 부족하더라도, 높은 지위에 오르지 못하더라도 마음이 즐거울 수 있다면 행복하다고 할 수 있다. 그러니 어떤 조건 속에서도 행복해질 수 있다는 마음가짐 이야말로 '행복'을 바라보는 바람직한 태도이므로 내 마음먹기에 따라 행복한 삶을 살아갈 수 있는 것이다. 지금부터라도 그냥 즐거운 마음으로 웃어보자! 그 웃음 속에 행복은 따라 들어올 것이다. 웃음이 우리에게 주는 좋은 점이 많지만 최근 주목받는 것은 바로 뇌와 감정에 대한 효과다. 웃음은 도파민의 농도를 올리고 카테콜아민과 스트레스 호르몬이 감소하여 즐거운 감각이 온다. 즉 웃음은 웃는 당사자에게 보상을 주며 고통을 느끼는 회로들의 활동을 약화시키고 우울함을 비롯한 부정적인 감정반응들을 차단하는 효과도 있다고 하니 즐거워서 웃지 않더라도 웃으면 즐거울 수 있다. 지금 우리나라 요양원이나 암 병동만이 아니라 사회 곳곳에서 유행하는 웃음 댄스, 웃음 치료가 유행처럼 번지고 있는 이유는 바로 이상과 같은 과학적 근거가 있다니 오늘은 그냥 웃어보자, 행복해진다.

소리내어 울어도 좋다

나는 퇴직하기 직전 세살마을연구소 소장직을 맡아 수행하면서 이어령 선생님을 자주 뵐 기회가 있었다. 거의 1년 정도를 매주 만나 뵙다 보니 선생님은 세상 사람 모두가 인정하는 대한민국의 최고의 지성이기 이전에 어린 시절 책을 읽어주시던 어머니를 그리워하는 아들이며, 자식을 누구보다 사랑하는 아버지라는 것을 알게 되었다. 그 당시 미국에 계신 따님은 병중에 계셨기에 따님 이야기를 하실 때는 선생님은 딸의 어린 시절 많이 못 놀아 주었다는 회한에 내 앞에서 눈물을 보이시는 그냥 아버지셨다. 그런데 선생님이 죽음을 앞두고 힘들게 손으로 써 내려간 마지막 유고가 '눈물 한 방울'이다. 엊그제, 고인의

사는 것이 예술이다

마지막 육필 원고 '눈물 한 방울'을 읽고 나니 누구나 가는 일이 긴 하지만 선생님은 이리도 담담하게 마지막을 맞으셨구나 하는 생각과 더불어 나의 길이 보였다. 선생님은 인간을 이해한다는 것은 인간이 흘리는 눈물을 이해한다는 것이고 이 눈물이 구슬이 되고 수정이 되고 진주가 되며 피와 땀을 붙여주는 '눈물 한 방울'이며. 쓸 수 없을 때 쓰는 마지막 '눈물 한 방울'이라는 말씀에 가슴이 먹먹해졌다.

눈물이란 눈물샘에서 흘러나오는 분비물로 하품하거나 너무 웃어도 나오는 것처럼 생리적 현상이기도 하지만 슬픔이나 기쁨, 분노 등의 격한 감정이나 고통을 느낄 때도 나온다. 내가 첫 아이를 낳았을 때 아기가 너무 잘 울어 걱정했더니 어른들은 울다가 죽은 아이는 없다며 그냥 놔두어도 된다고 하셨는데 아이가 울다가 호흡곤란이나 탈진으로 아주 위험한 상황을 초래할 수도 있는 일이다. 그리고 아이가 우는 이유는 몸 어딘가가 아프거나 심심해서 울기도 하지만 너무 덥거나 춥거나, 기저귀가 젖어 있거나, 자세가 불편할 경우 그리고 배고프거나 졸릴 때도 운다고 알고 있었다. 여러 날을 경험한 결과 나의 아기는 해가 질 무렵의 잠투정으로 판단되어 아이를 포대기로 업고 한 두시간 거닐다 보면 잠이 들었다. 아기들은 선천적으로 자기 의사표현을 할 수 있는 능력을 가지고 태어나는데 바로 울음은 언어를 사용 못 하는 아기가 의사 표현을 하는 수단으로 이해해야 한다.

눈물은 크게 생리적 눈물과 정신적 눈물이 있다. 생리적 눈물은 하품하거나 미세먼지·꽃가루·세균 같은 물리적인 자극에 반응하여 방출되는 것으로 눈을 감싸며 보호하는 역할을 한다. 그래서 눈을 뜨거나 감을 때는 눈꺼풀과 안구 사이에 생기는 마찰을 줄여 눈을 뻑뻑하지 않고 부드럽게 움직이도록 해 눈의 피로가 쌓이는 것을 막고 각·결막을 보호해 준다. 인간은 동물 중에 감정에 의한 눈물을 흘리는 유일한 존재이며 눈물은 슬픔의 표현을 강조할 수 있어 생존 상의 이점을 제공한다고 볼 수 있다. 특히 정신적 눈물은 자율 신경계와 복잡하게 연결되어 유발되는 것으로 스트레스, 행복, 슬픔, 육체적 고통 등 강한 감정에 반응하여 만들어지는데 슬픔·분노 등에 따른 감정적 눈물은 구성 성분부터 다른 눈물과는 다르다고 한다.

스트레스를 받으면 분비되는 눈물엔 카테콜아민과 프로락틴이 많다. 카테콜아민이 몸 안에 쌓이면 소화기·혈관 질환 발생 위험이 높아지는 것으로 알려져 있다. 한편 눈물에는 성의 차이가 있어 남자아이들이 울면 '계집애처럼 울면 안 된다'를 주입하기도 하여 눈물은 사회적으로는 약함의 상징이기도 했다.

조선왕조실록에는 태조 이성계나 정조가 신하들 앞에서 눈물 짓고 통곡했다는 기록이 있는데 이는 '왕도 눈물도 보일 만큼 인간미도 있다'는 의미였을 텐데 언제부터인가 우리는 눈물을 안 흘리는 남자가 상남자로 인식되는 듯하다. 사람이 다른 짐승이나 잘 만들어진 인공지능과 구별할 수 있는 것은 눈물이다. 로봇을 아무리 잘 만들어도 눈물을 흘리지 못한다. 그런데 이어령 선생님은 사람이 아무리 지식을 많이 쌓고 부를 많이 쌓는다고 하더라도 나를 위해 또 남을 위해 흘릴 눈물이 없다면, 눈물 한 방울 없는 삶이라면, 그런 인생이 무슨 의미가 있을까? 라는 질문을 하신다. 바로 우리가 주목해야 하는 것은 정신적, 감정적 눈물이다.

사진작가 로즈 린 피셔Rose-Lynn Fisher는 "눈물의 지형"이라고 불리는 프로젝트에서 그녀 자신, 지원자, 심지어 신생아에게서 나온 100가지 이상의 마른 눈물의 형태를 현미경을 통해 근접 촬영하였다. 그 결과 눈물은 큰 규모의 풍경과 매우 유사하며, 놀라울 만큼의 다양한 아름다운 이미지를 모을 수 있었는데 '각 개인의 한 방울의 눈물은 바다처럼 집단적인 인간 경험의 소小 우주와도 같다'며 눈물은 "감정 지형의 공중 풍경"이라고 묘사하였다고 한다. 인간의 뇌는 슬픈 정보가 전달되면 감정을 관장하는 부위가 뇌의 시상하부를 자극해 눈물샘에서 눈물이 나온다.

슬플 때 실컷 울고 나면 마음이 안정되는 것은 스트레스 호르몬의 일종인 카테콜아민이 눈물을 통해 배출되기 때문이다. 아이가 '앙앙' 소리 내어 울 때 '뚝'이라는 말로 눈물을 저지시키려 하는 것이 건강에 안 좋을 수 있다. "슬플 때 울지 않으면 대신 몸의 다른 장기가 운다"라는 말도 있다. 슬플 때는 우는 것이 건강에 좋다는 뜻이다. '울지마 뚝!' 이라고 말해서 울음을 뚝 그치는 아이는 없고 그렇게 해서도 안된다. 나에게도 육아가 정말 힘든 시절이 있었다. 그 시기는 셋째 아이를 출산했을 때로 큰 딸아이는 다섯 살, 아기나 다름없는데 동생이 둘이나 되었으니 자기 마음에 안 들면 잘 울며 화를 잘 내었다. 그때 엄마인 내가 하는 말은 '많이 속상해? 속상하면 울어도 되는 거야!라고 말하면서 화장실 문을 열어 주고 '울면 네 예쁜 얼굴이 못생기게 보이니 여기서 다 울고 나면 얼굴 닦고 나오렴!'하고 문을 닫아 주었다. 그러면 아이는 어느 정도 지나면 이제 되었다며 울고 나왔다. 아이가 아주 어렸음에도 나의 지시를 그대로 잘 따라 주어 지금도 고맙다는 생각이 든다.

사실 감정적 울음은 웃음만큼 심신을 이완시켜 혈압을 낮추고 긴장을 풀어주기에 우는 것이 필요할 때도 있다. 특히 남자 앞에서 우는 여자의 눈물은 상대에게 '나를 도와 달라'라는 메시지를 전달하는 수단이 되기도 해서 개인적인 관계를 구축하

사는 것이 예술이다

고 강화하는 데 도움이 된다고 한다. 메릴랜드 대학의 심리학 및 신경과학 교수인 로버트 R. 프로빈 박사는 눈물은 '일종의 사회적 윤활유가 되며, 의사소통을 도와줌으로 공동체의 원활한 기능을 보장한다'라고 말한다. 감정을 담당하는 뇌의 변연계는 '슬프다 또는 기쁘다'라는 감정을 인지하고, 이 신호가 시상하부에 도착하면 신체 기관이 이에 반응하는 절차를 거쳐 우리의 몸 밖으로 표출되는 것으로 아이가 우는 것은 아기의 뇌가 우는 것이다. 슬플 때 울어야 하는 이유는 감정적인 반응으로 흐르는 눈물에는 부신피질 자극성 호르몬ACTH이 많이 함유되어 눈물을 통해 과도한 스트레스 화학물질의 일부를 배출함으로 마음을 안정시키고 긴장을 완화되기 때문이다. 그리고 눈물은 원하는 결과를 얻을 수 있기에 간곡함이나 슬픔을 표현하는 하나의 방식으로 진화되어 온 것이다. 그러니 웃음만 행복에 좋은 것이 아니라 눈물도 신체 건강은 물론 정신 건강에도 좋은 영향을 준다.

디즈니영화 '인사이드 아웃'에서는 주인공이 기쁨만이 자신을 행복하게 만들 것이라고 생각지만 슬픔의 중요성을 깨닫고 한층 더 성숙해지는 것처럼 누구나 속상하거나 가슴이 답답할 때 실컷 울고 나면 기분이 풀린다며 슬픔도 필요하다. 웃음이 혈액 중의 세로토닌을 증가시키고 뇌파변화를 가져오는 것처럼 눈물도 뇌혈류·심장박동·뇌파 중 알파파를 증가시켜 안정감과 편안함을 준다. 사실 눈물은 자신이 힘들다는 것을 알리는 가장 확실한 수단으로 이때 위로하고 지지해줄 누군가가 있다면 치유 효과는 더욱 증대될 뿐 아니라 상대방과의 유대감을 형성해 정신적 안정감을 준다. 결국 눈물을 억지로 참으면 스트레스가 몸에 축적되고, 감정을 제대로 표현하지 못하거나 슬픈데도 울지 않고 참는다면 오히려 건강에 '독毒'이 되니 차라리 속상한 일이 있다면 그냥 엉엉 소리내어 울어도 좋다.

　　　　　　　　　　　　　　사는 것이 예술이다

사용하지 않으면 소실된다

얼마 전 지인의 결혼식에 참석하려고 차를 운전하고 가려다가 결혼식장이 너무 시내 한복판에 있어 택시를 타고 가기로 했다. 택시에 오르자, 기사님은 '안녕하세요 좋은 날입니다, 어디까지 모실까요?'라고 인사를 하신다. 요즘 택시 기사님들이 많이 바뀌셨나! 의아했지만 나 역시 "아, 예 반갑습니다, 저는 명동에 가려는데 잘 부탁합니다"라고 말했다. "예 그곳으로 가겠습니다!"라고, 말하는 기사님의 음성에서 '고학력자'라는 느낌이 있었지만, 학력은 물을 수 없어 "음성이 아주 좋으시네요!"라고, 말했다. 그랬더니 기사님은 자신은 지난해 고등학교 교장으로 정년퇴직하고 택시 운전을 시작한 지 9개월 되었는데 이 일이 너무 좋다고 말씀하시는 것을 들으면서 사람이 자신의 인생을 어떻게 살아왔는지 음성에서도 느낄 수 있다니 놀라웠다. 특히 퇴직을 했는데도 '아파트 관리비와 자신의 용돈을 해결하고 있는 자기 자신에 아주 만족해하시는 것 같았다.

나이 들어가면서 운동이나 여행 즐거운 놀이도 뇌를 젊게 하지만 '운전하는 직업'도 뇌의 노화를 막은 좋은 직업이라는 생각이 들었다. 특히 택시 기사님들은 시간을 규칙적으로 이용할 수 있으며 늘 새로운 사람을 만나고 새로운 장소를 찾아가야 하므로 저절로 뇌의 노화가 방지될 수 있을 것 같았다. 인간도 동물이라 몸을 사용하지 않으면 그 기능을 할 수 없게 된다. 이와 관련된 실험 중 대표적인 실험연구가 런던의 택시 기사 연구가 있다.

영국의 택시는 미니캡과 블랙캡 두 종류가 있는데 미니캡은 동네 주변을 도는 택시이고 블랙캡은 런던 시내를 운행하는 택시다. 블랙 캡의 기사가 되려면 3년이라는 시간 동안 4번의 시험 과정을 거치는 데 그중 하나는 런던 시내 관공서는 물론이고 골목골목을 모두 외워야 하는 것이다. 물론 블랙 캡의 기사들은 다른 택시들에 비해 정년이 보장되고 수입은 두 배가 넘는다. 그런데 블랙캡 기사들의 뇌를 촬영한 결과 경력이 오래될수록 뇌의 특정 부분이 두껍고 커져 있었으며 많이 활성화되어 있었다.

즉 뇌는 쓰면 쓸수록 변한다는 것을 알 수 있었다. 자주 사용하는 기관은 발전하고 안 쓰는 기관은 퇴화한다는 진화론의 일종인 용불용설用不用說 즉 사용하지 않으면 소실된다는 이론은 프랑스의 진화론자 라마르크의 주장이었다. 그는 인간만이 아니라 모든 생물이 살아있는 동안 환경에 적응한 결과로 획득한 형질이나 특성이 다음 세대에도 유전되어 진화가 일어난다고 하였는데 무엇이든 계속 사용하지 않으면 퇴보하는 것처럼 그 어떤 대단한 능력이라도 계속하지 않으면 언젠가는 그 능력을 발휘할 수 없게 되는 것이다.

사실 우리나라 속담에도 '아끼다 뭐 된다'라는 말이 있는데 공산품인 가전제품도 오래 사용하지 않고 방치하면 쓸 수 없게 되는 것이다. 몇십 년도 지난 전기밥솥이나 라디오를 사용하더라도 매일 매일 깨끗하게 닦으면서 계속 사용하면 쓸 수 있지만 아니면 버려야 할 쓰레기로 전락하게 된다. 나에게도 신혼 초에 정말 예쁜 구두가 있었는데 아이 낳고 키우느라 바쁘기도 했지만 조금 굽이 높아 잘 안 신고 신발장에 오래 보관해 두었는데 어느 날 신으려고 보니 내가 생각한 신발이 아니어서 버릴 수밖에 없었던 경험이 있다.

물건만 그런 것이 아니라 인간관계도 그렇다. 일본의 정신과 의사인 호사카 다카시는 인간관계도 무심하게 오랜 기간 찾지 않으면 아주 친했던 사람 사이도 영영 남남이 된다고 말한다. 먼 훗날 생각나서 연락하면 이미 이 세상 사람이 아니거나 살아있어도 예전의 정감을 느낄 수가 없다. 사실 나는 어제 오십년지기 친구에게 전화를 했는데 전화를 받은 친구가 "바쁜 네가 어쩐 일이니?"라고 하기에 "우정 관리의 차원에서 전화했지! 네가 나를 잊을까 봐"라며 말해서 한참을 웃었다. 친구도 일 년에 한번 만나 긴 이야기를 나누기보다는 짧은 대화라도 한 달에 한 번이라도 만나는 것이 인간관계에 효과적일 수 있다. 세상만사 모두가 오래 사용하지 않으면 잊혀지고 틀어지게 되어있다. 물론 세상의 모든 것을 끌어안고 감당못해 쩔쩔매지 말고 버릴 것은 버리고 챙길 것은 챙겨야 정신 건강에도 좋다.

우리 몸의 근육은 30대 후반이나 40대부터 매년 1% 이상 줄어들기 시작하는데 생각보다 빠르게 약해지는 근육과 근력은 원래로 회복시키기 어려운데 특히 50대 이후에는 골격계의 노화로 골다공증까지 초래한다. 특히 여성이 남성보다 근육량도 적고 뼈의 단단함도 약해져 있어 골절 위험이 크다고 한다. 골절이 될 경우 깁스를 하고 난 후 근육이 빠질 수 있어 낙상 사고를 방지해야 한다. 실내 생활도 안전한 것은 아니지만 더 중요한 것은 나이가 들어도 배움, 활동, 사회적 교류 등에 대한 관심과 에너지의 끈을 놓지 말고 좋은 사람과 좋아하는 일을 하는 것으로

사는 것이 예술이다

자신의 뇌를 지켜야 한다는 생각이 든다.

세월이 가면 나 자신이나 다른 사람도 변해 간다는 것을 알면 좋겠지만 대부분 다른 사람은 변하는데 나, 자신은 변하지 않는 것으로 착각하기 쉽다. 몸의 근육이나 뇌도 사용하지 않으면 그 기능이 소실된다는 가소성에 대한 이야기는 인간 수명 120세를 바라보는 고령화 시대에 정말 필요한 이야기이다. 빨리 늙지 않으려면 휴대폰을 내려놓고 운동화를 신고 운동해야 한다. 운동은 뇌의 시간을 재설정한다. 운동과 햇빛이 뇌의 시간을 재설정하는 데 미치는 영향을 분석한 연구 결과는 매일 같은 시간에 야외에서 운동하되 지속성이 중요하다. 특히 야외에서 산소를 충분히 공급받은 전전두피질은 실행기능이 그 어느 때보다 뛰어나 생각을 점검하고 판단의 오류를 발견할 수 있는 최고의 시간이라고 한다. 물론 많은 시간 운동이 아니더라도 휴식 시간에 잠깐 몸을 움직이는 것만으로도 충분하다.

한 연구에 의하면 쉬는 시간 없이 일하거나 정적으로 휴식했을 때보다 일하는 중이라도 5분간 운동하는 등 가볍게 움직이거나 스트레칭으로도 충분히 좋은 결과를 얻을 수 있다고 한다. 그 이유는 어떤 강도의 운동이든 시작한 지 15분이 채 안 돼 전전두피질 내에 산소를 포함한 혈류가 증가하기 시작한다고 한다. 노화 속도를 결정하는 두 가지 요인은 유전자와 생활 습관이다. 즉 치매는 치매 유전자만이 아니라 '활동량 부족'이 원인이 된다. 특히 장시간 앉아 있는 습관이 치매에는 치명적이라 한다. 장시간 앉아 있어야 한다면 중간에 잠깐이라도 일어서면 신체가 동면 모드에 들어가는 것을 막아 준다는 연구 결과도 있다. 나이가 들어가면서 잊지 말아야 할 삶의 원칙의 하나가 '사용하지 않으면 소실된다Use it or Lose it'는 것이다. 지금이라도 기억력이 나빠졌다고 하지 말고 매일 시 아니면 동시나 노래 가사도 좋으니 좋은 문장을 많이 읽고 베껴 쓰는 노력만으로도 뇌를 지키는 한 가지 방법을 실천하는 것이다.

언젠가는 추억할 그날

요즈음 세대를 연애·결혼·출산이라는 전통적인 가족 구성에 필요한 세 가지를 포기한 세대를 지칭하는 신조어가 바로 삼포 세대이다. 이것의 근본적인 이유는 세계적인 경기 침체와 극심한 청년 취업난으로 인해 높은 교육 수준에도 불구하고 취업이 어렵고 낮은 임금으로 인해 미래를 기약하기 어렵기 때문이다. 문제는 삼포세대가 일시적인 현상이 아니라 사회적인 문제에서 기인하는 만큼 이후 등장할 세대에도 부담이 이어지게 된다는 점에서 심각한 사회문제로 생각된다. 그런데 결혼은 해도 아기를 가지려고 하지 않는다는 것이 더 큰 문제이다. 사실 아이를 양육한다는 것은 비용이 많이 들 뿐 아니라 유년기만이 아니라 아이가 커서 학교에 다니고 성인이 될 때까지 아이에게 매달려야 하는 일로 온 가족이 협력해야 하는 중요한 과업의 하나이다.

요즘 아무리 일과 가정의 양립이 법적으로 보장된다고 해도 부부 모두에게 엄청난 경제적 부담과 육체적 부담이 되기에 아기의 출산과 양육을 포기하게 된다고 한다. 사실, 지금의 우리 사회 저변에 갈려있는 심각한 환경오염 문제나 난폭한 성문화 속에서 아이를 낳아 키우는 것은 어쩌면 모험일 수도 있다. 특히 여성의 경우 임신과 출산 그리고 양육 과정에 겪는 수많은 불편과 고통스러운 요소를 생각하면 아기를 낳아 키우기가 쉽지 않다. 아이를 가져야 하는 이유를 캐나다의 크리스틴 오버롤 교수는 《우리는 왜 아이를 갖는가?》라는 저서를 통해 "부모가 된다는 것은 곧 그가 하나의 아이를 창조할 뿐만 아니라 자기 자신까지 재창조하는 일이다. 생물학적 부모가 된다는 것은 곧 새로운 관계를 하나 탄생시키는 것으로 유전적 관계만이 아니라 심리적, 육체적, 지적, 도덕적 관계까지 탄생시킨다." 고 말했다. 나에게 손자 손녀는 꽃보다 더 아름다운 존재이며 아들이나 딸과의 관계를 더 돈독해지게 하는 촉매자이기도 하다. 특히 나처럼 손자녀가 여섯이나 되는 나에게는 4월의 꽃 세상처럼 아롱다롱하지만 눈이 부시게 아름다워 바라보고 있는 내 마음까지 밝아진다.

그런데 지난가을 6살 손녀가 나에게 "할머니 이름이 뭐야?"라고 물었다. 그래서 내 이름을 말해 주니 할머니는 "나랑 성이 다르네. 그러면 할아버지의 성이 나랑 똑같은 성이겠네? 그래서 친할아버지구나!" "외할아버지와 외할머니는 나랑 성이 다르거든!" 이렇게 말하는 것이다. 정말 놀라웠다. 이처럼 아이를 낳고 키우는 일은 자기 자신과 자신을 둘러쌓고 있는 관계가 재창조되는 혁신적인 일이다. 나의 남편과 내가 아들딸과 생물학적 부모 자녀 간이 됨으로써 유전자를 물려주었지만, 양육하는 과정에서 사회적, 문화적, 심리적, 도덕적 관계가 탄생되었다. 거기에 아들과 딸이 결혼하여 아이를 낳게 됨으로써 보다 더 다양한 관계가 설정되어 할머니 또는 할아버지로 재탄생되는 것이다. 이것으로 '우리는 왜 아이를 갖는가'에 대한 충분한 설명이 될 것 같다.

어제는 집 앞의 공원에 산책을 나와 보니 꽃 세상이 펼쳐졌는데 산책 나온 강아지 등에 떨어진 꽃잎마저 나를 더 행복하게 했다. 그런데 흙바닥에 무리 지어 핀 제비꽃도 아름답지만, 키가 크고 수려한 목련과 비교당하지 않으며 이른 봄 피었다 지는 수선화도 흐르러지게 핀 벚꽃과 경쟁하지 않고 제 나름대로 아름다웠다. 그런데 키가 작은 제비꽃은 큰 키의 목련을 부러워할까?

아니다, 자연의 모든 사물은 나름대로의 강점과 약점이 있지만 모든 꽃은 그 자체로 충분히 아름답다는 생각이 들었다. 그런데 사람도 자연의 일부인데 사람을 향해 더 멋있어져라! 다른 사람에게 인정받는 사람이 되어라! 또는 다른 사람보다 무엇인가 하나는 잘 하는 것이 있어야 하지 않겠니? 라고 말하는 사람들은 바로 아이들을 양육하며 정말로 사랑하는 사람들이다. 그러나 사랑이란 지금 있는 그 자체를 인정하고 사랑할 수 있어야 한다. 오히려 그 사람이 가진 약점이나 취약한 부분이 있더라도 그 자체를 존중해 주고 그것을 새로운 존재의 양식으로 발전할 수 있도록 도와줄 사람만 있다면 약점도 그 사람의 개성이나 강점으로 승화시킬 수 있다. 그러니 아이들을 사랑으로 양육하는 부모들이 아이들 개개인이 가진 것이 무엇이든 그 개인의 방식을 인정해 주고 존중해 주어야 하는데 금기사항이 많다면 아이들은 행동반경이 적어지고 자존감도 떨어지게 된다. 특히 어른들이 간과하고 있는 것의 하나가 바로 어린아이들은 두려움이나 겁이 많고 감정적이라는 것이다. 그 이유는 어린아이들의 뇌는 아직 이성의 뇌가 발달하지 못하여 두려움과 공포, 수치심을 주관하는 파충류와 포유류의 뇌가 진화 중에 있기 때문이라는 생각이 든다. 꽃들이 제비꽃이든 목련이든, 수선화든 자기 본연의 색깔과 크기와 관련 없이 사랑받듯이 아이들도 자신이 가진 있는 그대로를 인정받고 존중받을 때 아이들은 자기 자신을 사랑하고 자부심을 가지고 살아갈 수 있게 된다. 세상을 살아가는 방식은 사람마다 모두 다 달라야 멋진 세상이고 그렇게 다르게 살아감으로써 그 개인이 갖는 독특한 삶의 향기가 나는 법이다.

인간의 용기, 취약성, 수치심, 공감 등을 연구한 미국 휴스턴 대학의 교수인 브레네 브라운Brene Brown은 《마음 가면》이라는 자신의 저서에서, '인간은 스스로 가치가 있다고 믿을 때 용기 있는 사람이 될 수 있다'고 말한다. 특히 자신의 힘든 감정을 숨기면 즐거움과 행복이라는 감정도 속으로 숨어든다는 '브레네 브라운'의 말은 이렇게 나이가 들고 보니 더 마음 깊이 다가온다. 아이들이 '자신의 삶에 가면을 쓰지 않고도 자기 자신을 사랑하고 나는 가치 있는 사람이라고 믿는 것' 이야말로 아이들이 두고두고 행복하게 살아갈 수 있게 할 것이다. 나는 오늘 딸이 보내준 손녀의 바이올린 연주 사진을 보고 딸의 고등학교 시절 연주하던 사진을 찾아 손녀와 딸의 사진 두 장을 놓고 생물학적 유전만이 아니라 문화유전의 증거를 보며 한동안 추억에 젖어 들었다. 7세경에 바이올린을 시작한 딸을 키우며 힘도 들었지만 기쁨도 컸다. 미국의 사회학자 비비아나 젤라 위저는 오늘날의 아이들을 가리켜 '경제적 가치는 없어도 정서적으로 무한한 가치를 지닌 존재'라고 말한 바 있다. 부모라면 누구나 이런 경험이 있을 것이다. 아이가 부모를 알아보고 방긋방긋 웃어주거나 아장아장 걷기 시작하면 부모의 마음은 더없이 환해진다. 정말 자식은 부모에게 경제적으로는 도움이 안 되어도 정서적으로 무한한 행복감을 주는 존재임을 다시 한번 느끼게 된다. 그런데 요즈음 나의 인생에 또 다른 재미와 행복을 느낄 수 있는 사건이 생겼다. 바로 TV 프로그램 중에 오디션 프로그램이 많아 트롯가수들의 노래를 많이 듣게 되고 그 음악을 좋아하게 되어 평생에 안 하든 대중음악을 하는 가수들의 콘서트에 친구의 초대로 가게 된 것이다. 그 콘서트에서 '그날들' 노래를 듣게 되었는데 노랫말이 너무 좋았다.

"그대를 생각하는 것만으로,
그대를 바라볼 수 있는 것만으로,
그대의 음성을 듣는 것만으로도
기쁨을 느낄 수 있었던 그날들"

이 노래를 듣는 순간, 추억할 '그날'을 한 번이라도 가져 본 사람이라면 젊은 가수의 목소리를 통해 나오는 그 짙은 감성에 빠져들지 않을 수 없을 것이다. 이런 노랫말과 촉촉이 젖은 가수

사는 것이 예술이다

의 음성이 중년과 노년의 여성들을 그의 강력한 팬, 아미ARMY로 만들게 한다는 것이 느껴졌다. 이 노래가 이전에도 여러 가수에 의해 불려졌었겠지만, 분주한 생활과 마음에 한 번도 여유를 갖고 들어본 적이 없는 노래였는데, 이런 노래를 들을 시간이 주어졌다는 나이 듦도 참 좋다. 나를 초대해 준 친구는 그 가수의 팬카페에 등록하여 팬으로 활동하고 있다고 한다. 그 이유는 요즘 사는 재미도 없는데, 나 자신이 누구인지 생각하게 하면서 살아갈 힘을 생기게 해준 가수에게 도움이 되고 싶어서였단다. 그래서 그 가수가 광고하는 커피도 먹고, 피자도 먹는 등 그 가수의 일상을 들여다보며 시간을 보낸다는 것이다. 나는 이런 여자들의 감성을 사랑하고 나도 여자라는 것이 참 좋다. 그리고 바로 오늘의 이 순간도 언젠가는 추억할 그날들이 될 것이다.

인생의 유통기한

새해가 되면 늘 소망하는 것들이 있었는데 올해는 별다른 계획을 세우기보다는 무탈하게 보낸 지난 세월에 감사하고 편안한 날들을 보내고 있는 것에 행복한 마음으로 별다른 포부 없이 새해를 맞았다. 그런데 바로 엊그제 일이다. 냉장고 정리를 하다가 유통기한이 2년도 넘은 배도라지 청을 발견하고 상한 것은 아닌 것 같았지만 마음에 걸림이 있어 아깝지만 버리게 되었다. 유통기한이 지난 음식을 버리면서 드는 생각이 인간의 생명의 유통기한은 언제까지 일까?라는 것이다. 우리에게 주어진 모든 시간은 한순간도 멈춤이 없이 연속해서 흐르건만 사람들은 하루, 한 달, 한 해로 구분 짓고 거기에 의미를 부여하며 살

사는 것이 예술이다

아간다. 달력이 없었던 고대에도 해가 뜨고 지는 것을 구분하여 나뭇가지나 돌멩이로 몇 번이나 해가 뜨고 졌는지를 하나 둘 ... 표시하면서 살아온 것이 인간의 역사 속에 존재한다.

어린 시절에는 너나 할 것 없이 새해를 맞는 태도나 마음은 지금과는 많이 달랐다. 새해 첫날은 한 살 더 먹는 것이 즐겁고 신났었다. 그런데 인생의 어느 지점을 넘어서니 왜 이리 시간이 빨리 가는지... 자고 나면 일주일이 가고 또 한 번 자고 나면 한 달이 부쩍 가버리는 것 같은 속절없는 세월을 맞게 되었지만 늙음과 젊음의 차이는 시간에만 있는 것은 아니라는 생각이 든다. 아이들은 자신은 의식하지 못하지만, 시간이 흐를수록 점점 더 예쁘고 멋지게 성숙해지는데, 노년기에 이르면 하루, 한 달가고 두 달, 시간이 흐를수록 몸도 마음도 쇠하여 가는 것을 스스로 의식할 수 있게 된다.

물론, 늙음과 젊음의 차이는 시간의 흐름만이 아니라 삶을 바라보는 태도에도 있다. 젊은 사람들은 일어나는 일들을 그대로 바라보고 즐기고 받아들이지만 나이가 들면 사람이나 사물을 있는 그대로 보지 않고 판단하려고 한다. 젊은 나이에는 낙엽이 바람에 날려도 눈물이 났고, 벚꽃이 비처럼 쏟아질 때도 이유 없이 그냥 좋았고, 비가 억수같이 오는 날에 비 맞으며 걷고 싶어 두 시간이나 걷다가 다음날 병이 났어도 좋았다. 그런데 나이가 들어 노년에 이르니 낙엽이 떨어져도 스산하고, 꽃비가 내리면, 이 봄이 가고 나면 또 한 해도 가는구나!라는 생각에 서글퍼지고, 눈이 내리면 치울 일이 걱정이고, 날이 추우면 감기 걸릴까 염려가 된다.

그런데 내가 하고 싶은 것을 누군가 가로막아도 관계치 않고 나의 길을 정하는 것은 내가 정하고 그 결정에 책임을 지느라 잠도 줄여가면서 열심히 살아온 그날들은 내가 젊었기에 가능했다는 것을 이제야 절감한다. 그런데 시간이 갈수록 몸은 쇠해가는 것 같아도 정신은 그냥저냥 유통기간이 남아 있는 듯하다. 아직은 일생동안 나의 놀잇감이었던 책을 사고, 읽고, 정리하는 일이 즐거운데 이것마저 시들해지는 순간이 오세 뇌년 이는 내 인생의 유통기한이 다하는 것이라는 생각이 든다. 앞으로 어떻게 살아야 할지 고민하지는 않는다. 단지 지금, 이 순간의 일들에 최선을 다하려 한다. 앞으로의 소망 역시 나에게 있는 모든 자료들을 분류하고 정리하여 내가 배운 것, 알게 된 것들을 필요로 하는 모든 사람들에게 나누고 전해주는 것으로 좋을 것이다.

내가 좋아하던 노래 중에 '서른 즈음에'라는 노래가 있다. 1996년 당시 32세의 나이로 사망한 고 김광석의 노래인데 그의

사 는 것 이 예 술 이 다

목소리나 멜로디도 좋지만, 노랫말은 서른 즈음 만이 아니라 마흔, 쉰 즈음 등 많은 사람이 패러디할 정도로 모두 좋아했다. 나 역시, 서른 즈음에는 직장도 그만두고 출산과 육아만 했으니 경력 단절로 인한 상실감과 산후 우울증도 겪었고, 이 세상에 나 혼자라는 외로움과 저녁이면 또 하루가 내게서 떠나가는구나라고 생각한 적이 있었다. 마흔 즈음이 되어서야 '서른 즈음에'라는 노래를 접하게 되었는데 다음과 같은 노랫말이 내 가슴을 후벼파고 있었다.

또 하루 멀어져 간다
내뿜은 담배 연기처럼
작기만 한 내 기억 속에
무얼 채워 살고 있는지
점점 더 멀어져 간다
머물러 있는 청춘인 줄 알았는데
내가 떠나온 것도 아닌데
조금씩 잊혀간다
머물러 있는 사랑인 줄 알았는데
또 하루 멀어져 간다. (중략)

사실 서른 즈음에는 대부분의 사람들이 삶의 목표만 생각하기 때문에 청춘의 아쉬움을 모르고 지나치는 경우가 많다. 그러나 마흔 즈음이 되면 손에 움켜쥘 수 없이 흘러가는 시간도 안타까울 뿐 아니라 사회적으로는 자신의 성취에 몰입해야 하며 가정적으로는 자녀 양육과 교육과 연로하신 부모님의 보살핌 등 가정 내의 다사다난한 일을 모두 감당해야 한다. 그러다 보면 마흔 즈음 역시 찰나처럼 지나가게 되고 격동의 나이 쉰 즈음을 맞게 된다.

나는, 나이 쉰을 맞기 전인 49세 12월 말에 나 자신의 인생을 돌아보기 위해, 혼자만의 여행을 결심하고 가족들에게 이야기를 하였다. 그런데 지금도 정말 고마운 것은 나 혼자만의 한 달간의 어행을 기꺼이 허락해 준 남편과 시아버님, 세 아이들이다. 그리고 이것이 나의 인생을 풍요롭게 한 계기가 되었다. 그리고 그 한 달간, 혼자만의 시간에서 지금, 여기, 이 순간에 내가 존재하며 이것이 내가 선택한 나의 인생이라는 것을 나 스스로 발견했고 그 행복했던 기억이 아직도 꿈을 멈추지 않는 오늘의 나를 만들었다.

그런데 엊그제 약간 위축된 표정, 귀여운 얼굴의 마흔 즈음의 제자를 만나게 되었다. 이야기를 나누다 보니, 제자는 남편은 해외 파견근무자이고, 아이를 기다려도 아이도 생기지 않아 포기하고, 자신도 남편 근무지인 해외로 나가야 해서 직업도 없고 짐도 정리해서 지금 친정에서 지낸다는 것이다. 그래서 나는 옛말에 '무자식은 상팔자'라는 말도 있고 아이 낳기 꺼리는 세상에 수년간 아기를 갖기 위해 노력을 했음에도 안되는 일은 하늘의 뜻이니 너는 하늘이 준 상팔자다. 게다가 돈 벌어 꼬박꼬박 통장에 꽂아 주는 남편은 해외근무자이고 너는 친정에 있으니 가사 노동에서 벗어날 수 있으니 진정한 상팔자가 된 것이라고 격하게 축하해 주었다.

사실 모든 일은 생각하기 나름이다. 그런데 제자는 '직업이 없잖아요!' 하는 것이다. 직업이 없다고? 이제부터 자기 역량에 맞는 일을 구하면 되지? 무슨 걱정이야? 마흔 즈음에는 남자들도 내가 이렇게 사는 게 맞나 생각할 때고, 여자들도 무엇인가 해보겠다는 나이가 되는 것이니 '마흔 즈음은 자신만의 꿈을 꾸어도 되는 나이'라고 이 철없이 나이 든 선생은 제자를 부추기고 있었다. 그랬더니 가을에는 해외로 나가야 한다며, 무엇인가 시작하기 어렵다고 했다. 나는 요즘 동네 마트마다 걸어서 하는 배달 일을 박사 연구원들도 2시간 정도 운동 삼아 하면서 아이들 간식값을 보탠다는데 무슨 소리 나며 알아보자고 했다. 두드리면 열리고 구해야 얻을 수 있다. 그런데 드디어, 어제. 상팔자인 제자가 파트타임으로 일할 수 있는 연구직 위한 만남을 주선

해 주었다. 그 만남 이후 밤늦게, 연구소장은 소장대로, 제자는 제자대로 '좋은 사람 만나게 해주어 고맙다'는 문자를 받고 나도 참 좋았다. 그 제자는 파트타임에 재택근무가 가능한 연구직을 얻었으니 더욱더 상팔자가 된 것이다.

21세기는 사람들이 하고 싶은 일을 열심히 하고 자신의 꿈을 이루는데 늦은 나이는 없다. 지금 세상은 100세 넘은 교수도 강의를 하며 나이 70인 나도 줌 강의나 동영상 강의도 하고 책도 쓰고 있다. 나이가 들수록 개인의 성적 매력보다 인간적 매력이 돋보이게 되며, 온라인상의 자기계발 강의, 영어든 중국어든 전 세계 유명 대학의 강의도 무료로 들을 수 있는 세상에 살고 있으니, 돈과 관계없이 시간만 잘 쓰면 박학다식한 전문가가 될 수 있다. 인생에 늦은 나이는 없는 100세 시대, 마흔 즈음은 인생의 반도 안 살았으니, 타인의 눈치나 바램 따위는 신경 안 쓰고 자신의 꿈을 꾸어도 되는 오늘의 세상, 살아가야 할 날이 살아온 날보다 많아 꿈을 꾸어도 되는 현실에 감사해야 하고 멋지게 살 꿈을 꾸어야 한다.

사는 것이 예술이다

어떻게 재미있게 살지?

30-40년 전만 해도 환갑 즉 60이라는 나이는 노인의 기준이 되었고 부모님들의 환갑 잔치는 가족의 큰 행사의 하나였다. 자녀들의 효심을 보여줄 수 있는 기회이기도 해서 성인 자녀들은 부모님을 기쁘게 해드리기 위해 좋은 장소를 빌려 일가친척을 모셔놓고 큰 잔치를 벌였다. 가족의 단합과 성공을 보여주기도 하고 참가해 주신 분들의 흥을 돋우기 위해 사회자와 가수도 모셔 오기도 했다. 환갑의 의미도 모르지만, 조부모의 환갑 잔치에 참가한 손자 손녀들은 자신들이 가진 장기를 일가친지들에게 보여줄 수 있는 회가 되기도 하였다. 이제 이런 환갑 잔치는 없어졌지만, 일찍 돌아가신 부모님을 생각하면 그런 잔

치의 추억도 좋다는 생각이 들기도 한다. 그런데 요즘, 60이라는 나이는 너무 젊은 나이로 21세기 의학과 과학의 기술 발달로 나이는 그저 숫자에 불과한 시대가 되어 가고 있다. 얼마 전 동창생들의 모임이 있는 날 친구들과 많은 대화를 나누었다. 그런데 놀란 것은 90세가 훌쩍 넘은 어머님 또는 시어머님과 함께 생활하는 친구들이 50%나 되었다. 심지어 103세 아버지를 모시고 사는 친구도 있었다. 물론 103세 아버님은 아직도 하루 3~4시간 정도 출근과 퇴근을 하시는데 그 아버님의 기사 역시 80이 넘으셨다고 한다. 바야흐로 인간 100세 시대에 들어선 것이다.

그런데 더 놀라운 것은 바로 2018년 2월 대학을 졸업하셨다는 제자의 시어머님을 보면서 다시 한번 이제 남은 생의 선택이 중요하다고 생각을 했다. 지금부터 50~60년전만 해도 먹고 살만한 집이라도 여자는 공부를 잘 안 시키던 가정이 많았다. 이때 태어난 여성들은 20세 전후로 결혼하였기에 초등학교만 졸업했거나 중학교를 가더라도 중도에 그만두는 경우가 많았다. 그리고 결혼하면 아이 낳고 남편 뒷바라지에 시어른 섬기는 것이 여자의 숙명이라 생각하고 살았다. 그런데 이 여성들이 자녀들을 낳고 키우는 사이 우리 사회는 상상을 초월할 정도로 변화했다. 바로 나이가 어떤 일을 하는데 중요하지 않게 되었을 뿐 아니라

사는 것이 예술이다

여성과 남성이 교육받고 일할 권리가 동등해진 것이다. 최근에는 자녀들을 다 출가시키고 환갑이 넘어서 혹은 칠순이 넘은 나이에 검정고시로 중학교 과정, 고등학교 과정까지 마친 후 대학에 진학하는 사례를 가끔 만날 수 있다. 그런데 대학을 가게 된 동기가 자녀들을 모두 결혼시키고 나서 무엇인가를 잊어버리는 것 같은 현상이 자주 나타나 가벼운 치매가 아닌가 생각이 들었다고 한다. 그래서 공부하기로 결심하고 대학에 진학해서 손자뻘 되는 학생들과 공부를 시작한 것이다. 처음엔 조금 힘들었지만 큰 어려움 없이 동급생들에게 '이모님'이라는 호칭을 들어가면서 젊은 학생들과 도서관에서 토론도 하고 레포트도 쓰면서 오히려 기억력과 인지기능이 많이 개선되었다고 한다. 뇌는 늙지 않는다. 뇌는 쓰면 쓸수록 좋아지는 것이 분명하다. 그런데 사회복지학과를 졸업하고 학사모를 쓰게 된 나이가 84세인데 다시 다른 공부를 더 하시기로 하고 경영계열 학과에 학사편입 수속을 마쳤다고 한다. 정말 나이는 숫자에 불과하다. 일본 전역을 놀라게 한 시인 시바타 도요1910-2012는 주방장이었던 남편과 사별 후 아들의 권유로 92세에 처음 시를 쓰기 시작했다. 그녀가 쓴 시중 한편이 바로 〈약해지지 마〉이다.

"있잖아, 불행하다고, 한숨짓지 마, 햇살과 산들바람은 한쪽

편만 들지 않아, 꿈은 평등하게 꿀 수 있는 거야, 나도 괴로운 일 많았지만 살아 있어 좋았어, 너도 약해지지 마."

사람들은 92세에 새로운 일을 시작할 수 있으리라고 생각하지는 않는다. 그러나 많은 공부를 하지 않았어도 92세에 쓰기 시작한 시로 98세에 시집을 발간할 수도 있는 것이다. 한 세기 전에 여성으로 태어나 백 년이라는 시간을 살아내면서 겪은 기쁨과 슬픔, 상처들을 아름답게 승화시키기 위한 도구가 바로 시였던 것이다. 아마도 시인은 자신의 힘들었던 경험 그리고 연륜에서 오는 사랑과 인내, 기다림 등을 타인에게 위로가 될 수 있는 시어로 표현했을 것이다. 많은 일본인들에게 희망과 위로를 주었던 시마다 도요는 102세로 세상을 마쳤다. 그러나 자신이 원히는 일을 원 없이 하다 아주 평화롭게 삼든 백세 시인의 삶은 많은 사람의 가슴에 울림을 주었다. 더 놀라운 일은 프랑스의 전직 기자 출신 할아버지 '베르나르 올리비에' 이야기이다.

그는 기자 생활을 은퇴하고 난 뒤에 극심한 우울증과 삶의 목적이나 이상이 상실되어 혼란 상태에 빠졌다. 그 원인은 결혼 뒤 25년간 같이 여행 계획을 세웠던 아내와의 사별 그리고 은퇴 뒤 찾아오는 공허함, 아들들의 독립 등 일련의 사건이 그의 존재 자체에 회의를 갖게 되었고 삶의 의미도 느끼지 못했다. 그래서

사는 것이 예술이다

1999년 5월, 62세의 베르나르 올리비에는 이스탄불에서 시작해 중국 시안에서 끝나는 실크로드를 4년에 걸쳐 1만 2천 킬로미터를 걸었다. 그가 걸으면서 겪은 일을 2003년 '나는 걷는다'라는 책으로 출판했는데 이 책은 전 세계인의 도보여행 붐을 불러 일으켰었고 국내에도 올레길, 둘레길 등 각종 길들을 만드는 데 기여하게 된다. 그 후 10여 년이 지난 2013년 프랑스 리옹에서 터키 이스탄불까지 3,000km에 이르는 길을 2013, 2014년 두 해에 걸쳐 걸었다. 그러면 베르나르 올리비에가 건강한 사람일까? 아니다 그는 "심혈관계 질병과 신장결석, 전립선 질환 초기 증상과 나날이 감퇴하는 기억력, 그리고 평발"에 시달리기도 하였으며 최근에는 경동맥에 협착증이 발생했다는 진단을 받기도 한 그냥 그저 그런 노인이다. 일흔다섯이라는 나이에 질병상태로 계속 걷는다면 중간에 너무 고단하여 잠이 들었다가 그대로 죽을 수도 있다고 생각할 수 있다. 그래서 그런지 이번에 낸 책의 '나는 걷는다 끝'이라는 제목을 달았다. 베르나르 올리비에 본인 자신도 '걷기 위해 떠난다는 건 어떻게 보면 죽음을 향해 조금 더 다가간다는 것을 의미한다'라고 말했다. 사실 우리 모두는 하루하루 죽음을 향해 가고 있는 것이기는 하다. 특히 나이든 사람은 살아온 날보다 살아가야 할 날들이 적기에 그렇게 생각된다. 그는 지금 80세로 아직도 왕성하게 활동하고 있다. 이처

럼 우리보다 한 세대 앞선 부모 세대가 바로 100세를 살고 있는
데 우리 세대, 우리 다음 세대는 과연 어떻게 될까?

수년 전 조부모 강의에서 농담처럼 '운이 좋으면 100세, 운이
나쁘면 120살까지 살아야 하니 건강과 행복을 챙겨야 한다'라
고 말하곤 했다. 이때 많은 사람들이 손사래를 하며 '그렇게 오
래 사는 것은 복이 아니라 벌이지요'라고 말하곤 했다. 그럼에도
불구하고 현대 의학과 생명공학의 발달 속도로 볼 때 120세까
지 사는 것은 실현 가능한 일이 될 것 같은 불길한 예감이 든다.
만일 레이커즈 와일의 예측대로 2030년까지 살아있다면 그래서
상상하는 것보다 더 수명이 늘어난다면 이제 '죽음은 먼 이야기'
일 수 있다. 지금부터 '이제, 이떻게 재미있게 살 것인시'를 싶이
생각해야 할 것이다.

행복한 노년은 자신의 책임

'행복은 성적순이 아니다'라는 말이 있지만 부자가 되거나 성공한다고 행복한 것도 아니라는 증거도 수도 없이 많다. 그런데 '지금 당신은 행복하십니까?'라는 질문을 나 자신에게 해봤다. 그런데 나는 의심이 여지없이 객관적, 주관적으로 행복한 사람이다. 나는 6.25이후에 태어났으니 전쟁도 안 겪었고, 춥고 배고픈 시절은 있었겠지만 내 기억에는 없는 어린 시절이었고, 철이 들 나이 정도엔 부자는 아니었지만 남부럽지 않게 지낼 수 있었고, 좋은 학교를 나와, 좋은 사람 만나 아들과 딸도 낳고 큰 우여곡절 없이 잘 지내왔으니 행복한 사람이다. 82년생 김지영도 육아를 위해 경력을 단절해야 했는데 51년생인 나는 운이 좋아 세 아이를 낳아 키우면서도 경력 단절도 하지 않았고 정년퇴직까지 할 수 있었다. 물론 퇴직 후에도 강의와 세미나도 즐기며 많은 제자, 친구, 이웃들과 재미있게 지내고 있으며 여자라서 더 행복하다. 물론 나도 한때 죽어 다시 태어난다면 여자로 태어나지 않고 남자로 태어나 독립운동가가 되어 자식과 아내를 버려두고도 의로운 일 하다 죽어서도 존경받는 남자가 되겠다고 생각한 때도 있었지만 지금은 여자로 태어난 것이 좋다.

나는 세살마을 연구소 초창기 고문이셨던 고창순 박사님을 자주 만나 뵐 기회가 있었다. 고 박사님은 서울의대 명예교수이며 김영삼 대통령의 주치의이셨지만 20대에 대장암을 시작으로 십이지장암, 간암 등 세 차례에 걸친 암과의 대결에서 항암제 같은 화학요법을 한 번도 쓰지 않으시고 극복하신 것으로도 유명하신데 스트레스 해소하는 방법으로 엉엉 큰소리로 실컷 울면 시원해진다고 말씀하시는 것을 보고 놀랐던 적이 있다. 고통없는 인생은 없으니 인생에 대한 자세나 스트레스를 관리하는 개인의 역량이 중요하다. 고 박사님은 세살마을 발대식을 준비하던 2009년에도 파킨슨병을 앓고 계셨다. 그러나 놀랍게도 유머가 풍부하셔서 손을 많이 떠실 때, 내가 부축하려 하자 '이 병의 나쁜 점은 나 자신은 별로 불편하지 않은데 나를 바라보는 사람을 아주 불편하게 한다'고 말씀하시면서 나는 아무렇지도 않으니 신경 쓰지 말라고 하시더니 2년 뒤인 80세에 영원한 잠에 드셨다. 결국 죽음을 피할 사람은 아무도 없다.

인생의 후반에 가장 중요한 화두는 '어떻게 나이 들어가고 어떻게 죽을 것인가? 하는 것이다. 요즈음 종교기관만이 아니라 문화센터나 공연장 심지어 좋은 식당이 있어 모임을 하게 되면 '왜, 이렇게 여성이 많을까? 하는 의구심이 든다. 성과 연령에 따른 행복감의 차이를 연구한 서은국 연세대 교수는 중년 여성이 남자보다 행복감이 높으며 긍정적 정서를 자주 표현하는 반면 중년 남자들은 '사회의 경쟁에서 자신의 자리를 지키기 위해 또는 가장으로서 책임을 다하기 위해 스트레스를 많이 받는다'고 한다. 사실 한국 사회에서 육아와 가사를 도맡아 하는 대다수 여성은 자녀들이 어느 정도 성장한 후인 중년이 넘어서면 자신만의 시간을 누릴 수 있는 기회를 갖게 되는데 반해 남성들은 바깥 활동에 계속 얽매이거나 가정에 대한 책임감으로 행복하기 어렵다는 것이다. 특히 현재 한국 사회의 중년 이상의 남자들은 어린 시절 슬퍼도 울지 않고 기뻐도 웃지 않는 남자가 진짜 남자라고 배워왔다. 즉 한국의 남자는 감정을 표현하지 않도록 사회화된 것이 가장 큰 불행이다. 요즘은 남자들이 울어도 되는 모임, 실컷 우는 모임도 생겼다는데 반가운 일이다. 사실 중년이 넘어서면 남자 또는 여자로 살기보다 한 인간으로서의 삶을 선택해야 행복할 수 있다. 많은 사람들이 나이 들어가면서 '이만하면 행복하다'는 사람이 많은 이유가 행복이라는 것은 기분 좋은 즐거운 경험이나 감정만 모여 생기는 것이 아니라 수많은 긍정적 경험과 다양한 부정적, 절망적 경험들이 축적되었을 때 비로소 행복한 삶을 실감할 수 있기 때문이다.

80대 중반까지 사시다가 그다지 큰 고통 없이 돌아가신 나의 친정아버지는 매일 아침이면 출근하시던 찻집이 있었다. 그 찻집에는 여든이 넘은 나의 아버지를 아빠처럼 따르던 이십대의 어린 처자가 있었다. 나이 들어가면서 세상의 법은 멀어지고, 당신 품을 떠난 다섯이나 되는 자식들은 가슴에 품어 두고, 매일 만날 수 있고 아침이든 저녁이든 차 한 잔만 시켜주면 반겨주는 찻집의 어린 치자를 눈에 품는 기쁨에 건강을 유시하시려고 운농도 하고, 좋은 음식도 찾아 드시면서 즐겁게 사셨다. 그러나 여든다섯이 넘어가며 하루하루 기억도 희미해져 그 처자를 만나던 찻집이 어디에 있는지, 아니 그 어린 처자의 존재마저 잊어버리게 되셨다. 그러던 어느 햇살이 아주 따뜻한 봄날 '내가 왜? 이렇게 살아야 하는지 모르겠다'며 멍한 눈으로 허공을 응시하시던 아버지를 바라보며 안타까웠던 그 모습이 아직도 눈에 선하다. 인생의 노년, 우리 모두는 이런 상황을 맞게 될 수도 있지만 자연스러운 일이다.

사는 것이 예술이다

내 나이 아주 젊었을 때 노부부가 공원 벤치에 앉아 말없이 그저 쏟아지는 햇빛을 받으며 앉아 있는 모습을 보며 '나는 저렇게 살지 말아야지'라고 생각한 적도 있었다. 그런데 지금은 에스컬레이터나 지하철에서 좋아 죽겠다고 입맞춤하는 연인들을 보면 '참 피곤하겠다'라는 생각이 드니 이것이 세월인가 싶기는 하다. 그렇게 뜨거운 사랑보다 말없이 그저 앉아만 있어도 편안하고 행복할 수 있는 지금의 삶도 좋고 떠오르는 해처럼 예쁜 손자녀를 돌보는 일은 정말 행복한 일이다. 이처럼 행복은 세월 따라 다른 모습으로 오니 스스로 찾아야 하는 것이다. 사실 이 나이 먹도록 살아보니 세상에 '행복한 시간, 장소는 따로 없다'는 생각이 든다. 비가 오면 비가 와서 좋고, 안개가 자욱해도, 눈이 오고 바람 불어도 그냥 좋았다. 편안함을 주고 영감과 꿈이 피어나는 주변의 야산도 그저 바라만 보아도 행복했으며, 좋은 사람을 만날 수 있는 그곳에서 행복했으니 행복은 지천에 깔려있는 세잎 클로버처럼 쉽게 만날 수 있다는 생각에 그냥 웃음이 난다. 그러기 위해서는 무엇을 하든 혼자가 아니라 누군가와 함께 가야 할 것이다. 그러니 행복은 사람마다 다른 곳에서 다른 방법으로 추구하는 것이지만 내 마음이 즐거운 방식을 선택하여 즐기고 만족하면 그것으로 충분하다.

노년이 되면 가족과 추억을 나누는 시간만큼 소중한 것은 없지만 우리는 나이 들어갈수록 목표를 만들고 누군가와 함께하는 시간을 만들어야 한다. 그리고 우리 모두는 살았던 시간보다 더 긴 시간 동안 죽어 있을 것이므로 살아 있는 동안 죽고 난 뒤에 남은 가족들에게 어떤 존재로 각인될 것인지 그리고 자신의 평판이 어떨지를 생각하며 시간을 보내야 할 것 같다. 우리가 이 시간과 장소를 떠나기 전에 '내가 살았던 세상에 함께 했던 사람들에게 조금이라도 기여하는 삶을 살아야 한다'라는 생각이 든다. 그러기 위해서는 무엇을 하던 '홀로가 아니라 누군가와 함께 하면서 세월을 보내야 한다'는 생각이 든다. 백세시대 어떻게 늙어 가야 할 것인지는 모든 사람의 화두話頭가 되었지만, 사람들의 삶의 모습이 모두 다르듯이 늙어 가는 모습도 각기 살아온 역사가 나른 섯처럼 다를 수밖에 없다. 품위를 지키며 보람차고 아름답게 늙는 사람이 있는가 하면 그렇지 못한 경우도 있지만 멋지거나 추하거나 또 행복하거나 불행한 노년이 되는 것은 모두 자신의 책임이다.

사는 것이 예술이다

웰빙과 웰다잉

얼마 전에 미국의 첫 여성 연방대법관, 샌드라 데이 오코너Sandra Day O'Conner가 '알츠하이머 진단을 받아 더 이상 공적인 사회생활을 할 수 없게 되었다'라는 기사가 실렸다 그녀는 유리 천장을 깬 강인한 법조인이었고 자신이 유방암을 걸렸을 때도 활발하게 일했었다. 남편이 알츠하이머에 걸려 기억력을 잃고 부인마저 몰라보는 중증에 빠지자 남편과 더 많은 시간을 보내고자 은퇴했으나 이듬해 요양 시설에 들어간 남편이 자신을 알아보지 못하고 다른 치매 여성과 사랑에 빠져 행복해하는 모습을 보면서도 남편을 미워하거나 그 애인을 질투하지 않고 오히려 담담히 받아들였다고 한다. 오히려 '새 연인이 생긴 남편이 행복하다면 나도 기쁘다'라고 말을 했다고 하는데 그 이유는 나이가 들어가면서 좋은 감정이든 나쁜 감정이든 영원하지 않다는 것을 알기 때문이라고 했다는 것이다.

젊었을 때는 자신이 행복하려고 사랑하지만 나이가 들어갈수록 상대가 행복해지기를 바라는 황혼의 사랑을 하게 되어 있다. 진정으로 행복해지려는 사람은 '남을 섬기는 방법을 발견한 사람'이라는 슈바이처의 말이 아니더라도 난 한 여성이 떠올랐다. 벌써 오래전의 일이기는 하지만 나는 집 가까이에 살고 있는 선배 언니와 가끔 만나 산책을 했다. 그런데 하루는 그녀의 남편이 여성 편력이 많아 속상해하면서도 빨리 세월이 흘러 '남편이 돌아다닐 수 없을 정도로 늙거나 치매가 걸려 집에 있게 되면 24시간 곁에 있으면서 잘해주고 싶다' 고 말한 것이 기억이 났다. 아마도 인생의 황혼에는 오랜 세월을 함께 한 배우자에게 주는 선물이 관용과 수용이라는 생각이 든다. 나도 인생의 황혼에 접어들면서 인생 100세 시대 말년에 치매는 피해 가기 어렵다는 것을 알게 되었다. 나의 친정아버지도 돌아가시기 전 요양원에서 나와 함께 산책을 자주 했는데 가을 정원을 보시며 '울긋불긋 단풍이 참 예쁘다'라고 말씀하셨던 것을 보면 지나간 것은 다 잊더라도 늘 현실에 만족하고 행복해하는 품성은 그대로 지니셨던

사 는 것 이 예술이다

것으로 보인다. 실제로 나이가 많이 들면 잊을 것은 잊는 것이 행복할 것이라 생각이 들어 지금, 여기서Here, Now 행복할 수 있도록 마음 건강과 신체 건강을 유지하는 생활이 필요하다는 생각이 들었다.

얼마 전에는 아산병원 유은실 교수가 웰다잉에 대해 강의한다는 메시지를 받고 죽어가는 사람을 살려야 하는 의사가 '잘 죽는 법'을 어떻게 강의하는지 궁금하여 시간을 내어 참석하였다. 실은 교육심리학 전공자인 나도 나이가 들어가니 웰다잉에 대한 강의를 할 기회가 많아져 노화와 죽음에 대한 접근 방법의 차이를 알고 싶어 시간을 낸 것인데 죽음을 준비하는 과정에서 병원에서 의사의 역할이 중요하다는 것을 알게 되었다. 인생의 마지막을 위한 준비로 유언장이나 버킷리스트 작성은 대부분 다 알고 있지만 '법정대리인을 지정'해야 된다는 것이나 '사전연명의료 의향서'를 임종 바로 직전에 하기는 어려우니 미리 준비해야 하는 것은 처음 알게 되었다. '사전연명의료 의향서'는 소생이 어렵다거나 생명 연장이 삶에 의미가 없다고 판단되면 심폐소생술, 혈액투석, 인공호흡기, 항암제 투여를 하지 않겠다는 의사를 미리 밝히는 것이다. 이는 임종을 앞둔 사람에게 생명 유지보다는 인간으로서의 존엄이 더 중요하다는 것이다. 셸리 케이건Shelly Kagan 예일대 교수는 17년째 대학생들에게 '죽음'이라는 주제의 강연을 하고 있는데 그가 젊은이들에게 죽음을 강의하는 이유는 죽음을 진지하게 생각해야 삶을 더 소중히 여길 수 있기 때문이라고 한다.

영국의 '생애 말기 치료 전략보고서'에 의하면 최고의 죽음은 '익숙한 환경에서, 가족이나 친구들 사이에서, 인간의 존엄과 품위를 지닌 모습으로, 신체적 고통 없이 맞이하는 죽음'이라고 한다. 모든 사람이 이렇게 되기를 바라지만 막상 고령화 사회에서는 앓는 기간이 길어지는 자연스럽다. 특히 90이 넘은 고령자의 경우는 환자 자신의 의견 피력이 어렵기에 가족의 의견이 더 중요하게 작용하는 경우가 많기에 '사전연명의료의향서'가 필요할 것이라는 생각이 들었다. 유 교수는 우리는 죽음에 괸힌 이야기를 밥을 먹을 때나 친구들과 다과를 나누면서도 자연스럽게 이야기할 수 있어야 한다고 하는데 이런 생각을 반영하는 모임, 데스 카페Death Cafe가 우리나라에서도 생겨나고 있다. 데스 카페는 10년 전쯤 스위스의 사회학자가 아내의 죽음을 계기로 시작한 것이 최초였으나 미국과 유럽을 중심으로 확산되어 지금 일본이나 한국에도 상륙했다. 우리나라는 2016년 3월 데스 카페 첫 모임 후로 죽음을 무겁고 두려운 것이 아니라 삶의 자연스러운 과정으로 받아들이며 다과와 함께 담소하는 시간이 되어가고 있다.

사는 것이 예술이다

우리는 왜 이렇게 죽음을 이야기해야 하는가? 그 이유는 죽음은 모든 사람이 피하고 싶지만 누구도 결코 피해 갈 수 없는 삶의 과정의 끝이기 때문이다. 우리 삶이 가치 있고 소중한 이유는 바로 언젠가는 죽는다는 생명의 유한성 때문이다. 나 자신도 병 때문에 입원하고 수술하고 치료를 받아 보았지만 직접 경험하지 않은 사람들은 당사자의 마음을 잘 모른다. 만일 젊은 사람일지라도 자신에게 주어진 시간이 얼마나 남았는지 알 수 있다면 정말, 자신이 하고 싶은 일에 집중하며 가치 있게 시간을 보낼 수 있는 것은 분명하다. 요즘 나는 현직에 있었던 젊은 시절보다 마음도 넉넉하고 더 열심히 살고 즐겁게 산다. 어떤 삶이 의미 있고 행복한 삶일까? 우선은 자신의 몸을 스스로 돌볼 수 있어야 하며 행복하게 느끼며 사는 삶이 되도록 노력하는 삶이다. 그리고 자신의 삶을 멋지고 가치 있는 경험으로 채워가며 나만이 아니라 다른 사람들의 삶을 지금보다 나아지도록 돕는 일이다. 나이가 들어서도 이렇게 살 수 있다면 의미 있고 행복한 일이다.

나는 대학에만 34년을 재직하다 보니 나를 엄마 교수님이라 불러주는 딸 같은 제자도 있는데 바로 어제 나를 찾아왔다. 여러 이야기를 하던 중 제자는 나를 향해 '어디가 편찮으셨던 것'이냐고 물어왔다. 그래서 사실을 털어놓았다. 지난봄에 질병으로 병원에 입원과 수술 외에도 6개월 정도 통원 치료도 받았지만 가족 외에 다른 사람들에게 알리지 않았는데 그 이유는 살다 보면 누구나 조금씩 아프면서 살지, 안 아프고 사는 사람은 없기에 삶의 하나의 과정이라 생각한다. 나는 감사하게도 질병으로 입원한 적은 처음이었으며 수술하기 전날 밤에 생각해 보니 감사할 것이 너무 많아 저절로 감사기도가 나왔다. 직장은 이미 퇴직했으니, 학교나 학생들에 피해 없고, 부모님 다 하늘에 계시니 불효도 아니고, 슬하에 삼 남매 모두 가정 이루고 잘살고 있으며, 아직은 병을 이겨낼 만큼 건강하고 젊은 나이이고, 마지막으로 아프기에도 너무 좋은 계절, 새 생명이 솟아나는 봄이어서 감사했다. 사실 우리에게 찾아보면 감사할 일이 많다. 특히 오늘처럼 먼 곳에서 하루 휴가를 낸 날 나를 만나러 와주는 제자가 있는 것만도 얼마나 큰 행복인지 감사해하고 있다.

고령화 사회가 되어가면서 사람들은 하루하루 잘 살아가는 것 그중에서도 어떻게 아름답고 품위 있게 늙어가며 인생을 마무리하느냐가 많은 사람들의 관심거리이다. 2016년 1월 이른바 '웰다잉법 ' 또는 '존엄사법 '이라 불리는 '호스피스·완화의료 및 연명의료 결정에 관한 법'이 국회를 통과했다. 따라서 2018년 1월부터는 환자의 자기 결정권에 근거해 무의미한 연명치료를 중단할 수 있는 '사전 의료 의향서가' 법적 효력을 갖게 되었다. 이제 내가 죽음의 마지막 순간 존엄하게 죽을 권리가 보장되었다

사 는 것 이 예술이다

고 할 수 있다. 그러니 건강하고 행복하게 늙어가는 일은 더욱 더 의미가 있다. 이제 새로운 생각과 도전적인 생활로 인생의 황혼이 아름답도록 행복한 노년을 보내야 한다. 즉 멋지게 나이 들어가면서 좋은 죽음을 맞기 위해서는 좋은 삶, 행복한 삶을 살아가야 한다.

요즘 나이가 많건 적건 살기가 힘들다고 한다. 나는 은퇴하고 보니 내 가족만이 아니라 우리 사회의 많은 사람들을 위해 '세상을 좀 더 좋은 곳으로 만드는 것'이 가치 있는 삶이라는 생각을 하게 된다. 이처럼 죽음에 대한 두려움보다는 '죽음과 직접 대면하고 내가 어떻게 무엇을 하고 살아야 할지를 생각해 보는 교육이 바로 웰다잉교육 즉 웰빙 교육'임을 다시 한번 생각하게 되었다. 그러므로 주변 사람들과 좋은 사회적 관계를 맺고, 심신의 건강을 유지하고, 감사하면서, 자신의 일을 찾아 즐기며, 친절하게 봉사하고 기부도 할 수 있다면 멋지게 나이 들어가는 것이다. 이렇게 오늘도 하루를 마치면서 알게 된 것을 실천에 옮길 수 있도록 행동하는 것이 더 중요하다는 생각이 들며 가치 있는 삶을 위한 행보를 시작해야겠다는 생각이 웰빙이고 웰다잉으로 가는 길이다.

2백 살까지 산다는 것은 재앙

나는 얼마 전까지만 해도 부모 교육이나 조부모 교육 강의 중에 이제 '인간은 재수 없으면 120살까지 사는 호모 헌드레드 시대'에 접어들었으니, 몸과 마음을 잘 관리해야 한다고 말하곤 했다. '호모 헌드레드Homo-hundred'라는 용어는 2009년 유엔의 세계 인구 고령화 보고서에서 '100세를 넘어서까지 장수가 보편화되는 시대'라는 말로 사용된 용어이다.

그런데 최근 한양대학교 과학기술정책과 김창경 교수는 세바시 강연을 통해 인간은 이제 '재수 없으면 200살까지 산다'고 말하고 있다. 그 이유는 생명체의 DNA를 잘라 교정하거나 교체가 가능한 크리스퍼CRISPR 유전자 편집 기술의 발전으로 아인슈

사는 것이 예술이다

타인의 지능을 갖는 슈퍼 베이비의 탄생도 가능하고 노화 유전자를 없애면 평균수명이 이백 살이 넘는 삶을 실현할 수도 있다는 것이다. 나는 솔직히 너무 오래 살까 걱정되기도 한다.

지금처럼 백세시대라 해도 아주 유능하여 국가와 사회를 위해 많은 일을 해왔던 대단한 이력을 가진 사람들도 실질적으로 70이 넘으면 찾아 주는 사람도 별로 없고 할 일도 없어진다. 젊은 사람도 일자리가 없어지는 시대인데 더 말할 것 없다. 평균수명이 길어지는 만큼 인간의 행복지수도 높아지면 좋겠지만 몸이 늙어가면서 아프지 않을 수는 없어 그다지 행복하지 못한 사람이 많다. 노후 준비를 단단히 해 놓은 사람도 물가는 계속 올라가는데 수입은 별로 없어 70세 이후 100세까지 30년을 더 산다고 했을 때, 노부부가 하루 세 끼 먹고 사는 것만 해도 어려울 뿐 아니라 병 없이 늙기란 어려운 일이라 장수한다는 것이 걱정이 되지 않을 수 없다. 200살은 그만두고 100세 시대를 사는 '호모 헌드레드'도 재앙이 아닌 축복이 되기 위해 수입을 증가시킬 재원 마련과 건강한 생활 습관을 평생 유지할 필요가 있다. 요즘 50세 정도인 제자들도 하루 7,000보 파워 워킹을 서로 독려하고 있으며 물 자주 마시고 균형 잡힌 식사와 낮에는 자연 속에서 햇볕을 즐기고 밤에는 깊이 자는 것이 좋다며 이런 원칙을 생활에 반영하고 있다. 한편 대표적인 장수국가로 알려진 이웃 나라 일본의 후생노동성이 2022년 9월에 발표한 자료에 따르면, 일본에서 100세가 넘은 어르신 수는 약 9만 명이며, UN 인구부 자료의 국가별 비율에서도 일본이 1위인 것을 알 수 있다. 특히 지역별 인구 10만 명당 100세 고령자 수는 시마네현은 10년 연속 100세 이상 인구 비율 1위를 차지하고 있어, 일본에서도 대표 장수 지역으로 손꼽힌다. 이처럼 건강하게 오래 살 수 있는 일본인의 비결은 무엇일까. 물론 여러 가지 설이 있지만 시마네현에는 젊은이들이 적어 궂은일도 어르신들이 주체적으로 하는 환경이 갖춰져 있고, 산과 바다의 천혜를 받은 지역 특성상 주민들은 영양소가 풍부한 어패류와 저지방·고단백질인 멧돼지, 사슴 고기를 즐기는 것으로도 알려져 있다. 건강한 식단과 젊은 사람 못지않은 활동성 등으로 건강 습관을 유지하는 것이 장수의 비결로 이어지는 것일지도 모르지만 일본인이 장수하는 진짜 비밀을 찾기 위해 세계가 주목하고 있다.

일본의 식단이 사람들의 건강에 긍정적인 영향을 준다고 한다면 이는 요리 방법뿐 아니라 영양소의 세부 사항에도 달려있을 것이라고 지적하는데 사실은 일본인들의 식단이 몸에 좋은 건 미역이나 간장 등 특정 재료를 많이 써서 나온 마법이 아니라 야채와 콩류 중심의 재료와 건강한 조리 방식 때문이다. 다시 말해, 누구나 시도해 볼 수 있는 재료와 요리법이다. 하지만 현대 일본에서도 그들만의 문제가 있다. 최근 들어 일본에서는 당뇨병 발병률이 증가하고 있는데 이는 부분적으로는 노령화의 영향 때문이기도 하며 비만 인구가 늘고 있는 것도 문제로 지적된다. 그러나 개인적인 생각으로는 건강은 식단 하나로 해결되지 않으며 적절한 운동도 중요하지만, 무엇보다 마음 건강이 가장 중요하다. 습관이란 하지 않으면 불편한 것이다. 많은 사람들이 기본생활 습관 즉 음식 골고루 잘 먹고, 일찍 자고 일찍 일어나고, 자기 일은 자기 스스로 하는 것이 좋다고 말한다. 그러나 이런 생활 습관도 중요하지만, 자신이 행복하고 타인을 행복하게 할 수 있는 사람으로 살기 위해서는 긍정적인 마음 습관이 더 중요하다.

긍정적인 마음 습관은 잘 웃기, 친절하기, 늘 감사하다고 생각하고 말하기, 다른 사람과 비교 안 하기, 자신의 장점 알기, 어려운 일에도 도전해 보기 등으로 어린 시절부터 몸과 마음에 새겨야 할 아주 중요한 습관이다. 긍정적인 마음과 생각 그리고 건강한 생활 습관을 몸에 익히고 마음에 새겨 많이 웃으며 살 수 있다면 장수가 축복이 될 수 있을 것이다. 긍정적인 사람들은 도전을 받아들이며, 성장하고, 발전해 나갈 수 있는데 이를 습관화한다면 세상은 바로 그런 긍정적인 사람들의 것이 된다. 아이들도 성장하면서 많은 어려운 일들을 겪게 될 테지만 긍정적인 마음 습관은 아이들의 행동을 바꾸고 바로 그들의 운명마저도 바꿀 것이다. 그런데 마지막으로 더 중요한 것은 '부모 자신이 긍정적이고 행복한 부모'로 살아야 아이들과 함께 가는 인생길에 좋은 친구이며 동반자가 될 수 있다.

한국은 OECD 국가 중, 노인 자살률 1위다. 노인 자살의 주 원인은 우울증이라고 한다. 최근 우리나라는 청년들의 마음 건강 지원사업에 비해 노년들의 피로, 식욕 저하, 수면장애, 집중력 감소, 무가치함에서 출발하는 우울감 해소를 지원하는 사업이 있기는 하지만 아직 활발하지 않다. 특히, 노년에 들어서도 자녀와 동거하려고 하지 않는 65세 이상 고령자 비율은 72.8%라는데 노년은 '가족·정부·사회가 함께' 책임져야 할 것이므로 다양한 지원 정책이 나오리라 생각되지만, 백세시대를 살아야 하는 것도 어려운데 200세까지 장수하는 것은 재앙일 수도 있다는 생각을 하게 된다.

사는 것이 예술이다

　　나이 일흔이 넘어 전공 관련 도서나 논문만을 써 오던 내가 글을 마치면서 '사는 것이 예술'이라는 제목이 좋겠다고 생각했다. '세상 모든 사람에게는 살아온 인생의 길이 만큼의 이야기'는 존재한다. 그래서 옛 어른 들은 내가 살아온 이야기를 책으로 쓰면 몇 권은 된다고 말씀하시던 모습이 떠오른다. 나는 내가 살아오면서 느낀 생각이나 감정이 얽힌 나의 삶을 예술이라는 말로 정리하고자 하였다.

　　나는 오므라이스 하나를 만들어 아이들 앞에 내어놓을 때도 잘게 썬 채소와 밥을 볶은 그 위에 노란 계란 지단을 올리고 다시 그 뒤에 빨간 케첩을 올려놓고는 '이것 예술이지?'라는 표현을 하곤 하였다. 나에게 예술은 특별한 재능을 부여받은 사람들의 전유물이 아니라 무엇이든 온 정성을 다하는 사람을 통해 발현되는 모든 것을 말하는 것이다. 특히 인생을 이만큼 살아오면서 알게 된 것은 소중한 인연은 그냥 주어지는 것이 아니라 만들어 가야 한다는 것이다. 사람과 사람의 관계는 좋은 인연으로 맺어진다고 하지만 인연 또한 만들어가는 것이다. 인간관계 특히 가족관계는 나의 모든 것을 주고 시작하고 그 가족 안에서 생을 마감하는 특별한 관계의 시작이니 내일도 모레도 아닌 바로 오늘 나에게 주어진 모든 일에 최선을 다하며 살아야 하는 것은 당연하다.

사는 것이 예술이다. 예술가들은 글, 그림, 소리 같은 매체를 통해 타인의 삶을 풍성하게 할 뿐 아니라 행복하게 한다. '예술은 이런 것'이라고 한 사람들이 많을 테지만 예술에 고정된 정답은 없고 예술은 일상에서 이뤄진다. 그래서 사는 것이 예술이다. 누군가의 '한 마디'에 문득 사랑을 느낄 때가 있고 누군가와 '한 번의 입맞춤'으로 인생이 바뀌는 사람도 있기에 인생을 예술로 사는 사람은 행복하다. 그래서 살림 사는 것이나 아이 키우는 것, 심지어 돈을 받고 일하는 직장생활도 내가 의미를 찾아가며 즐겁게 살아야 한다. 그저 매 순간순간을 최선을 다해 즐기며 살다 보면 '나'라는 인생의 작품은 완성되어 가는 것이다. 예술은 누구나 할 수 있지만 그렇다고 모든 사람이 다 예술을 하는 것은 아니다. 자기 삶에 누구에게도 뒤지지 않을 만큼 열과 성을 다해 사는 사람에게는 사는 것이 예술이 되는 것이다. 자신의 삶을 자신의 생명 즉 '생生의 명命'으로 알고 온 힘을 다해 살 때 삶이 예술이 되는 것이다. 나 역시 나에게 남은 삶을 이제까지 해 온 것처럼 살아보리라 다짐하며 이 글을 마치지만 앞으로 나는 많은 사람들에게 삶이 예술이라는 것을 보여주며 살아가리라 다짐해 본다.

2024년 5월

사는 것이 예술이다

초판인쇄 2024년 5월 7일
초판발행 2024년 5월 14일

지은이 최혜순
발행인 조현수
펴낸곳 도서출판 프로방스
기획 조영재
편집 문영윤
마케팅 최문섭
교열 · 교정 이승득

본사 경기도 파주시 광인사길 68, 201-4호(문발동)
물류센터 경기도 파주시 산남동 693-1
전화 031-942-5366
팩스 031-942-5368
이메일 provence70@naver.com
등록번호 제2016-000126호
등록 2016년 06월 23일

정가 19,700원
ISBN 979-11-6480-356-9 (03810)

파본은 구입처나 본사에서 교환해드립니다.